吭河皖河

迅 著

时代出版传媒股份有限公司
安徽文艺出版社

图书在版编目（CIP）数据

皖河皖河/徐迅著.—合肥：安徽文艺出版社，2023.1
（倾听皖美）
ISBN 978-7-5396-7473-5

Ⅰ．①皖… Ⅱ．①徐… Ⅲ．①散文集－中国－当代 Ⅳ．①I267

中国版本图书馆 CIP 数据核字(2022)第 089206 号

出 版 人：姚 巍
策　　划：张妍妍　姚爱云　　责任编辑：张妍妍　姚爱云
融合编辑：姜婧婧　李雪颖　　装帧设计：张诚鑫

出版发行：安徽文艺出版社　　www.awpub.com
地　　址：合肥市翡翠路 1118 号　邮政编码：230071
营 销 部：(0551)63533889
印　　制：安徽新华印刷股份有限公司　(0551)65859551

开本：787×1092　1/32　印张：7.5　字数：80 千字
版次：2023 年 1 月第 1 版
印次：2023 年 1 月第 1 次印刷
定价：38.00 元

(如发现印装质量问题，影响阅读，请与出版社联系调换)

版权所有，侵权必究

目 录

皖河散记(节选) …………… 001

在乡下怀想四季 …………… 120

天柱山冬云 …………… 147

桃花红,梨花白 …………… 153

一九九九年的"双抢"(节选) … 160

故乡的屋檐 …………… 215

想起雪湖藕 …………… 222

炒板栗、烤红薯 …………… 229

皖河散记(节选)

要来的寒流不冷

手捂的伤口不疼

秋天

想起皖河

就有一股温涌的力量

连绵向上……

　　　　——摘自一首诗

油菜花的村庄

如果在哪里跌倒,就从哪里爬起来,那么在油菜花的田野里呢?在春天的五月,我又一次面对油菜花,面前的油菜花与我二十四年前看到的油菜花没什么两样,大片大片的金黄,黄得炽烈的油菜花丛里,有我熟悉和不熟悉的蝴蝶和蜜蜂。我无法抓住其中的一只,这与我的从前也没什么两样,蜜蜂的叫声嗡嗡嘤嘤的,吵得五月的田野微醺,土地已裂开美丽的花纹。

村庄被油菜花包围着,乡亲们的心情被一种喜悦包围着,我的心房被一些往事包围着。乡亲们闻到那浓浓的油菜花香,就像看到了油亮的菜籽。

他们都注重结局,因为结局总意味着丰收,意味着锅里有香喷喷的油水,意味着身强力壮、红光满面。但我不是,在这里我与乡亲们有着一些差别。我只注意过程,油菜花美丽开放的过程,在二十几年前我就是这样。我的这种与乡亲们细微的差别,表明我从来就不曾想过与脚下这块土地认真地贴近,我是这个村庄、这块土地的叛逆者,是这块土地上的又一个"叛徒"。——记住这一点很重要。

但乡亲们原谅了我,同时也原谅了一只疯狂的菜花狗在油菜花田野里横冲直撞、糟蹋庄稼。那一季的油菜花香香地开过一阵,突然就下起了一场春雨。雨打着黄黄的油菜花,花儿太柔、太嫩,经受不住那密集的雨脚的蹂躏,凋谢了。许多黄黄的花儿,像死了一地的黄蝴蝶,趴在泥土上飞不动,它们的翅膀断了。但香气还在,残存的油菜花的枝秆结出的一粒粒的菜籽在风中昂首挺立,那是乡村五月的旗帜。几阵麦黄风吹拂,那上面就会有轻轻的爆裂声响动。阳光里,这种声音很悦耳、圆润,如同大地上的窃窃私语,交头接耳着日子。

　　油坊在远远的镇子上。那原是一座破旧的厂房,屋很大、很黑,却终日弥漫着喷薄的菜籽油香。几个强壮的汉子,脱得精光赤溜的,只穿着一件裤衩,终日在油坊里劳作着。榨油机全都是用木头做的,特别坚实的那种木质,粗粗的庞然大物。汉子们将菜油籽放在上面碾碎,然后几个人共同推着一根巨大的木棒挤榨着。那酱色的液体汩汩地从木器上流下来,流进盛油的木槽或铁皮桶里,那东西亮晃晃的,能照得见人影。榨油的汉子在旁边乐呵呵地笑,他们在吸烟,光溜溜的身上满是油渍,伸手一摸,像泥鳅一样滑不溜秋。

乡亲们将油菜收割起来,扎成一捆一捆的,然后放进用篾编扎的晒筐里。在阳光下暴晒几天后,用手轻轻一揉,菜籽就落了一筐,堆得厚厚的。母亲是多么高兴啊!收起油菜后,晒、榨油就是她们的事了。她们从此将日子过得像菜籽一样精细、圆润。小小、细细、圆圆的菜籽在她们的手指缝间细细流淌着,幸福火焰般跳荡在她们心间。时间从菜籽中悄悄流逝,夜晚来到她们的身边,她们浑然不觉。

在乡间春夜寂静的皖河边,油坊里几盏菜油灯亮着。木榨油机嘭嘭地响,声音传得很远很远,河水哗哗地在月光下粼粼地闪光。这生活中的一种沉重且轻快的旋律,从此伴随着皖河人度过一个短暂而又有些丰收的春天。春天里,乡亲们锅里、碗里的油水都放得很重,灶火烧得滋滋直叫。菜油这种来自土地里的东西,叫乡亲们感受到了无比的爱怜,他们亲口尝着,饭也吃得多,干活也更有力气了。春天一过,皖河就开始泛起桃花汛了,平时清亮的河水夹杂着许多泥沙,这时候变得尤其浑浊。

就在那个春天里,我打翻了一只菜油桶,喷香的菜油流了一地,土地上留下了一摊黑斑。母亲飞快地捞地上的油,时而还用嘴舔。但没有人注意,乡亲们都忙着防汛抗洪去了。

桃花汛的时候

院子里桃花开时,春水漫灌,整个村庄都湿淋淋的。黑色的瓦片在雨中仿佛浸淋了很久,油黑亮亮的,使村庄的棱角格外分明。白色的土墙阻挡着田野上蔓延过来的花草。池塘边的垂柳枝条点点,招惹得春天里的孩子们眼睛汪汪地随着它转悠。麻鸭就在那池塘里船队一般游过,蹀躞地踩着春天的物事。

乡亲们头戴斗笠,身穿蓑衣,扛着锄头,这时候总喜欢走动在田野上。

他们顺着田埂走,雨水将春天的气息激发得特别充足,这气息也特别诱人。乡亲们当然不是专门为嗅这气息而来,他们在这条田埂上走走,在那条田埂上跑跑,为的是关关这个"田缺",开开那个"口子"——他们在做大地上的"修理工",疏导春水,让桃花汛来临时能顺利地经过村庄,到达它们应该到达的地方。

皖河两岸高高的河堤上长着细细长长的小白杨树,像是春天大地里逸生出来的翅膀,拍打着河水飞快地奔跑。浑浊的河水又似一条小蛇,在河堤的指引下蜿蜒向前。只是由于春雨的淤塞,田野都像浸泡着的水草,这时候大地特别肥沃,用手在地上一抓,都是乌黑黑的泥土,肥得流油——喜欢用手扒泥土的是孩子,他们在田沟里翻泥鳅、黄鳝什么的。天气乍暖还寒,孩子们赤着脚,撒野般地奔跑在田野上,春水滋润着双脚,有一种异常熨帖的感觉,脚丫子踩进泥巴,那更是瓷实得可以。让人更乐观的是田沟里真有不少泥鳅、黄鳝之类的,它们在泥巴里乱窜,一逮一个准。还有人干脆就在小河汊里支起网,这往往也不会落空,十有八九会捞起一网白花花的鲫鱼、胖米,还有一种鱼叫鯀鱼,那种鱼全身都是刺,不好吃,孩子们捞起来也不稀罕。白白胖胖的鲫鱼,大家一抓起来就一阵欢呼,晚上在家里放上葱煮,那鱼汤真是鲜美。

比我大两岁的姐姐喜欢带我抓鱼。但不知道怎么的,我总是抓不到,连一条泥鳅也逮不住。每次看到伙伴们抓到了鱼,我心里就一阵难堪,但姐姐时而抓起一条鱼,就对我说:"这是我们俩抓的。"她总是这样——后来念书升初中,大队只推荐我们中的一个,她让给了我,说:"我们俩念的。"妈妈知道我抓不到鱼,说我穿姐姐的鞋穿多了,所以抓不到。我们那里人说穿过女人鞋的男人是抓不着鱼的。

我现在劳动大都是在晚上。但记得小时候在晚上干活,我心里莫名其妙地就充斥着一种犯罪感。桃花汛的时候,河水上涨,池塘里的水也上涨,大人们总喜欢在夜晚背着网兜在池塘里叉鱼。父亲也精通这门手艺。他有一副上乘的叉网,经过一天的劳累后,有时他还带着我到处叉鱼。现在想起来,那时塘都是集体的,这样叉鱼也算不得什么光彩的事——我生来胆子就小。父亲在塘边叉鱼,我掌管着手电筒,望着父亲在黑漆漆的水里,用竹竿一下一下地驱赶,捞起来,网里果然就有一层鱼。但我总兴奋不起来,父亲也有点儿害怕,很快将鱼倒进背后的鱼篓里——也经常碰到"同类",彼此心照不宣地打声招呼:

"有吗?"

"有。"

"多吗?"

"不多。"

两个人在夜幕里分手,就匆匆消失在黑暗的春夜里。

桃花汛前后也不过就一个月的时间,在这个季节里,乡亲们脚步匆匆、忙忙碌碌的。土地上许多新奇的事物随着春水开始发酵和泛滥,到处呈现出一片蓬蓬勃勃的生机,这使乡亲们的生活也变得生动和有滋有味起来。

桃花汛过后,一场急匆匆的洪水真的就过来了。

麦黄风

麦子在五月的皖河两岸是最为金黄明丽的植物了。这种庄稼使南方的土地和粮食变得异常生动和丰富多彩。直到现在我还非常奇怪,以稻米为主食的皖河两岸,在稻子黄熟的时候,乡亲们对一阵紧似一阵将稻穗染黄的风儿熟视无睹,为什么偏偏看见散乱在地上并不多见的成熟的麦子,把那刮来的风叫作"麦黄风"呢？这里，麦子作为南方独特的点缀庄稼和生活的东西蔓延在山坡地，表明了乡亲们一种什么样的对成熟的期待？

　　说也奇怪，在麦子成熟的季节，真的就有那么一阵风刮过来。那风被太阳镀上了一层古铜色，夹杂着皖河水的一丝清凉的气息。株株麦子整整齐齐地伸展在天空下，如一把把麦帚，将天空打扫得异常蔚蓝和明亮（不像稻子成熟时稻穗低垂）。在皖河边隐约可见的丘陵上，一块麦田就像一块金黄的烙饼，蒸腾着一种让人口流涎水的味道。乡亲们割完麦子，立即就将麦子在太阳下一粒粒碾下扬净，然后送进磨坊磨成白花花的面粉，用来做粑和扯成挂面，偶尔在吃腻了米饭的时候调节调节口味。

磨坊和挂面坊就是皖河岸边最富有激情和意味的风景了。乡亲们大箩小箩地将麦子送进磨坊。磨坊里的磨子一律都是石头做的，很圆、很大，要两个人才能推动它，还要有一个人将麦子一捧一捧地漏进磨眼里。或者就用牛拉磨子：牛的眼睛上被蒙了块黑布，人在一旁呵斥着，牛就围着磨子一遍又一遍地转圈儿。面粉磨成后，乡亲们很快又将它送进挂面坊里。皖河边的挂面坊有多少？我已记不清楚了。但有一点我印象殊深，那就是一到麦黄季节，所有的挂面坊就忙得热火朝天。扯面的师傅在晴天丽日里将那扯面的架子搬到外面。架子是用木头做的两根柱子，中间几根杠子上钻了一排排的小孔。白色的、细线般的面条被两根竹棍拉扯得很长,紧绷绷的,远远望着,像是晒着一匹白老布,或像战争年代战地医院洗过晾晒着的绷带——这是那时电影上常出现的画面。当然,在乡亲们的眼里,挂面就是挂面,是用来招待客人的。皖河两边,招待尊贵客人的最高礼节就是"挂面鸡蛋"——这与乡亲们喜欢"麦黄风"似乎并无内在的关联。

挂面在皖河边不叫"面条",更不像在北方,还有"大宽、二宽,粗的、细的"之分。这里招待客人的程序是:先端上一碗挂面煮鸡蛋,然后"正餐"还用米饭,大鱼大肉的,还有酒。挂面含有一种祝福长寿、长久的意思。由于这个,扯挂面的师傅在这里就特别受人尊重,有点儿"技"高望重的意思。我有一个姨婆家,还有一位邻居都是扯挂面的,我看他们扯挂面很有讲究:面粉先用水和后发酵,水要恰到好处,发酵后,师傅用手翻着、揉着,揉得满头大汗,汗珠子甚而就掉进里面。但乡亲们并不介意,说"不干不净,吃了没病"。说来奇怪,面粉在师傅手里,细软如线,坚韧如针,就那么揉、捶、打、拉、扯几下,就如一根根丝线了。师傅们将那"线儿"款款摆弄出来,晒在太阳下,同时还晾晒着一份得意和自豪。

  我家由于有了上述那层关系,当麦子熟的时候,想吃挂面就非常方便,用钱买或者用麦子换都行。要是人家做新屋,那屋正上梁的时候,乡亲们都会蒸上一点儿米粑,称上几斤挂面,然后搭块红布送过去。

后来,出现了一种专门磨粉制面的机子。在皖河两岸,要是那机子昼夜不停地响着,磨出白花花的面粉,一定是到了刮麦黄风的季节。

有一种树叶叫茶

做一片树叶总是要落的,你自己不落,别人也会伸手把你摘下来。然后将这些树叶一片片地洗干净,摆进水里淋透,浸上一天半日的,再放到一块干净的石头上揉得碎碎的,直揉出鲜嫩的绿色浆汁来,用钵子盛着,放上一勺子石膏。过不了一会儿,这绿色的液体浓酽酽的,就凝固成了一块豆腐,含在嘴里冰凉冰凉的,透着爽快。乡亲们管这树叶叫"观音楂",管这做出来的绿豆腐叫"观音豆腐"。这是他们夏天用来消暑的小吃。最喜欢做观音豆腐的是一群姑娘和嫂子,她们用灵巧的双手,使乡村生动,也让自己亲人的生活变得丰富多彩。

久而久之,乡亲们就从树叶上看出了很多门道,于是对在河边、小山、丘陵上生长出来的树叶也产生了极大的兴趣。春天里,他们大把大把地摘香椿树叶当菜炒,夏天里摘肥硕的梧桐叶,蒸米粉肉和小麦粑、米糕之类,或干脆用桑叶泡水喝。女人甚而还用采来的艾叶煮水蒸身子。乡亲们为所有的树叶都找到了用途,让它们落到它们应该落的地方。

有一种树叶叫茶。这种叫茶的树叶在皖河的两岸蔓延无边。皖河的水汽袅袅蒸腾,一天天地,春日的叶片儿就长得很旺、很亮,显出绿叶葱葱的样子。在清明、谷雨前后,一河两岸茶叶飘香,茶树丛里突然就会钻进许许多多鸟儿和摘茶的小姑娘——摘茶与摘其他的树叶方式相似,都是不等树叶长老,就将嫩嫩的芽子摘下来。只是这叶子不在太阳下晒干,而是用栗炭火微微焙熏、烤干,然后就慢慢地搓着、揉着,直揉出自己喜欢的形状来。然后按形就状地起些名字,或剑毫,或弦月,或云雾,就名正言顺地成为茶了。他们将这茶放进茶壶里,冲入滚沸的开水,茶叶就微微地舒展开来,恢复它本来的形状,一股香气随即也从壶里袅袅地飘逸出来。

说起来,皖河人自老祖宗时就将茶种得神采飞扬,这从地方志中也能找到记载。唐代杨晔写的《膳夫经手录》说,这茶"虽不峻逎,亦甚甘香芳美,良重也";《潜山县志》上说:"茶以皖山茶为佳,产皖峰,高矗云表,晓雾布蔓,淑气钟之,故其气味不待熏焙,自然馨馥,而悬崖绝壁间,有不得自生者尤为难得。谷雨采贮,不减龙团雀舌也……"据说,唐代有人授舒州牧,当时的宰相大人李德裕向他要茶,那人就送了他十几斤,李宰相"乃命烹一瓯,沃于肉食内,以银盒闭之,诘旦开视,其肉已化为水矣"。从发黄的线装书上,乡亲们看见茶叶与别的树叶有不一样的神奇的功效,于是种茶喝茶,更是津津有味了。

喝茶,是一年到头与土地打交道的乡亲们最大的乐趣。喝着喝着,河边突然就出现了一群大大小小的茶馆,随即也就出现了专门以卖茶为生的人。这些人整天痴迷于茶叶,陶醉在劳动之外的另一种乐趣里。一拍即合,闲暇无事的时候,这些志同道合的乡亲就成天地泡茶馆,说自己"早上皮包水,晚上水包皮",十分幸福与得意——在皖河,这些茶客最会品茶。茶香缥缥缈缈,如深谷的幽兰若隐若现,若用鼻子嗅嗅,不经意地直沁人肺腑。举杯慢慢啜那茶水,香郁味醇,茶韵清香;而细细地品茗,回味中却又略带些甘甜,只觉香醇飘逸,神清气爽,只觉四肢百骸,通体舒泰。渐渐地,乡亲们不仅仅关注那壶中之水,而且开始关注那一片片茶叶了。一片细小的茶叶,纤弱、无足轻重,可又非常微妙,将它们放在壶里,一旦与水融合,立即就释放出自己的一切,毫不保留地献出了生命的全部精华。那壶中的茶叶在水里沉浮不定,变幻莫测,朵朵嫩芽缓缓地舒展,或如雀舌,或一旗(叶)一秆(芽)相互辉映,一片片嫩芽显露出茸茸的细毫,亮丽得宛如皖河岸边明媚的早春。

说来奇怪,在茶叶飘香的季节,皖河两岸的人民其情融融、其乐陶陶。他们互相走动,关系陡然就融洽了不少。乡亲们说皖河的茶叶可以驱秽气、除病气、养生气,可以尝滋味、养身体,更可养志。在这里,茶叶不仅是一种饮品,更成了乡亲们的一种人生的价值取向。

好茶须好水。这水当然就是皖河的水了——"走千走万,不如皖河两岸",乡亲们说只有皖河的水才最为清纯。茶因水而生,水因茶而活——茶与水就这样水乳交融,密不可分。

直到现在,我品尝的也还是皖河的茶。但在离开皖河的日子里,我却奇怪地发现,这茶喝不上几口就会变成一壶"死茶"——茶水淡淡的,枯黑的叶片躺在水里像一堆毫无生机的乱叶。我发现这实在就不如用皖河水泡茶那么鲜活和赏心悦目了。要在皖河,那喝淡了的茶叶纯绿依然,还可以晒干后装进枕头套里。夜里,枕在上面清心养性,也清香无比。

六畜兴旺

在一些万籁俱寂、野狗狺狺的夜晚,总有一两只狗的叫声将皖河的夜晚扯得阴森森、空洞洞的。要是有许多的狗吠,鸡们也一定会跟着叫起来。鸡鸣狗叫,就将河边乡亲们的心揪得紧紧的。那样的夜晚,皖河一定有什么重要的事情发生:张家失火、李家进了小偷、一个陌生人路过、一对相好的男女在河边约会……对于失火和小偷,乡亲们当然会从被窝里一骨碌儿爬起来群起而攻之,但除这之外,对于其他的动静,乡亲们都能漠然处之,他们似乎从来就不愿意把黑夜里的事情弄得一清二楚。

"五谷丰登,六畜兴旺。"这是皖河人新年里互相祝福时的吉祥话。但"五谷"稻、黍、稷、麦、菽,"六畜"马、牛、羊、鸡、猪、狗,总有几样是皖河没有的。没有就没有,乡亲们也不会去刨根问底。皖河人总说日子过得太精明了,人也就过完了。乡亲们说,谁都不愿意把日子一下子就过完,是不是?

狗因此成了皖河两岸的一种点缀和象征。河边,那些富裕人家一般都会养一条狗,狗给他们看门守院的,就很霸气。那看门守院的狗,大都长得膘肥体壮,但"狗眼看人低"是没错的,见到稍微穿得干净、利索的人,狗们就撒欢般地蹦蹦跳跳,跟在那人的屁股后面直转悠,反之,则怒气冲冲,吼个不停。直到主人出来唤住它,或者给它几分颜色,它这才把"主意"交还给主人,然后跑到自己的位置上把守着。可这样的狗往往也得不到善终。倘若这家主人家道中落,那么这条狗的头也就要落地了。另外,冬天到来,天气寒冷,主人冷不丁就会将它弄死,就着炉火咕嘟咕嘟地煨着,作为这家主人显示身份的另一种菜肴。也有些狗,如贫穷人家的孩子,当家得早,也很懂事,眼睛亮得像两盏灯,一眼就能看出来人的好歹,平时无事时总默默地听着人们的寒暄,主人也很喜欢它,待它老了、死了,还舍不得吃它,而将它送到河边沙滩上深深地掩埋。埋了狗,主人伤心得还吃不下饭,嘴里念叨着:"狗,狗,你怎么就死了呢?"

平时来了客人,一定要宰鸡杀羊,

过年一定要养一头大肥猪,这样日子才算过得喜庆……皖河人发觉,人与人、人与河、人与土地的生活总有些单调,而有了狗,有了猪,有了牛和鸡这些与人的习性不一样的动物,他们的生活就显得生机活泼多了。在乡亲们那里,自己养了些畜生,最后自己又处置它们,好像就是一件很有意思的事情。特别是养鸡,河边就有一些专门孵鸡的炕房,一到春上,成千上万的鸡蛋被炕房里的师傅收拢起来,放到炕床上。他们看着那湿淋淋的小生命从蛋壳里孵出来,不几天就长成毛茸茸的黄色的鸡雏,三五成群地在地上叽叽喳喳地叫唤着,就乐颠颠的。一些女人还将那鸡焐在怀里,焐在被笼里,让鸡一点点地长大,然后高高扬起一把米,啄啄地叫唤:"小鸡吃米,小鸡吃米!"像是喂着孩子。

拴在河堤上的一只羊,乡亲们可以不管,但死死地拴住一头牛的事情,乡亲们都不会去做。牛在河堤上自由散漫地吃草,后面就一定会跟着一位老人或一个孩子。在皖河,牛可是乡亲们的一座靠山啊!河边的农事如果离开了牛,简直就不可想象……那么多田地的翻耕、整耙,离开了牛行吗?因此,乡亲们对牛充满了特别的感恩心情,他们会盖最好的牛棚给牛住。在"双抢"和春耕的日子,活跃在皖河的许多牛把式还会和牛们生活在一起,同劳动、同吃住,倾其所有把最好的食物弄来给它们吃。在烈日炎炎的日子,牛把式和牛们一同在田野上劳作。牛把式们挥动鞭子不断地吆喝着,但如果一鞭子抽重了,将牛抽出了一道深深的血痕,那么,一下午他的情绪都不会好到哪里去,女人看见了甚至会流泪。

一头牛,在女人的眼里就是一个男人。

好像是一种分工,养猪养鸡是女人们的事,而养牛绝对就是皖河男人们的事情了。在皖河,男人中除了牛把式之外,还有一种叫牛贩子——专门以贩牛为职业的人。因为家里要买一头牛,所以有一年我就跟牛贩子跑过。那牛贩子姓王,个子矮矮的,长得敦敦实实,喜欢喝酒,吃起饭来吭哧吭哧,就像一头老牛。但他看牛简直是神极了,远远地瞟上一眼,他就能看出这牛的年龄——等人们掰开牛的嘴巴,望望牛的牙口,果然没错。知道牛的年纪后,他就能断定牛的力气、耕田的速度和习惯,然后就是牛的价钱了。在牛贩子当中,他有着极高的威信,大家都称呼他"牛王"。

他见我跟他跑了两三天,帮我家买了一头牛后,就带我到家里喝了一顿酒。在酒桌上,他喝着喝着,突然就红着眼说要我跟他学贩牛。他说他女人不争气,只养了两个闺女,祖祖辈辈传下来的这营生怕是没有人再传下去了。"牛贩子吃香喝辣的,日子过得差不到哪里去呀!"他说,如果我依了他,他的两个女儿就由我挑一个。听了这话,我傻了。

我当然没有听他的——我这条

"犟牛"硬是从他的缰绳下跑脱,跑到没有牛的城市里去了。

有一回,我在城里遇上了他以前的一位同行。那同行告诉我,那天我走后,"牛王"狠狠地大哭了一通,他说,他一生看牛无数都没有走眼,偏偏看人走了眼。自那场酒后,"牛王"就再也没有贩牛。我听了后十分愕然。

洪水来时

"发大水喽!发大水喽!"

一到发洪水的日子,皖河岸边就响起一些惊慌失措的声音。这声音一般都出现在梅雨季节。那时候江淮之间总有一阵阴雨连绵的天气。那阵子,老天似乎睁不开眼,闭着眼睛下雨,从白天下到黑夜,从黑夜落到白天。有时候半夜以为老天眯眼了,醒来却听见雨在瓦片上鼓捣着,如一群小黑鬼在屋顶上打架、翻滚着,很是瘆人。"唉!"所有的叹息声,几乎都在这样雨夜的屋檐下泛起。只是那梅雨有些"鬼"气,让人互相听不清这声音,只觉得心闷,有些愤怒,有些绝望。

皖河里的水是一天天涨起来的。涨水时,站在岸边可以看出水一寸一寸地涨着,有时三两天地,水就会落下去。但时间一长,乡亲们就看出了许多的不妙:河水咆哮着,浑浑浊浊一阵,立即变得黑黄,然后从上游就漂来一些死猪、木头、死鸡、死猫之类的东西,汹涌而来。有些胆子大的人,这时就弄了根长长的竹竿伸向河心,捞起些木头、死猪……对于这些人,乡亲们一般都对他们翻白眼,凶巴巴地骂:"水里来,水里去,发水财,不得好死!"但骂归骂,有人还是要捞那些"浮财"的——真的,也就有因此而"不得好死"的人。

余井镇的兴衰就与发大水有关。传说某朝某代某一天有位姓余的乡绅做寿,发现家里的水缸边长了一棵竹笋,余老爷觉得碍眼,就拿起菜刀将竹笋砍断了。他家的一个丫鬟随后进了厨房,无意间见那竹笋在流血,就赶紧用手帕包扎住了。就在这时,屋后突然传来一阵毛狗撵鸡的声音。原来,余老爷家的一只鸡被毛狗叼去了。吝啬的余老爷立即呵斥着丫鬟去撵鸡,可等丫鬟一转背,余老爷家那座屋旋即被洪水冲去,丫鬟幸免于难——传说那竹笋是龙王爷的一只龙角。皖河边总有这些神秘色彩浓郁的传说在梅雨季节流传,但到了发水的日子,人们又给忘了。

大概是一九六九年,皖河又发了一次大水,决堤了。那场洪水冲毁了余井镇的良田,又冲毁了庄稼和新建的街道。这时候镇上就有一家四兄弟开始捞"浮财"。四兄弟长得孔武有力,真的就捞了不少木材,后来他们用这些木材开了一家棺材铺,成了余井镇上最富有的人。但在某一个夜晚突然起了一场大火,棺材铺被烧得精光,四兄弟也被活活烧死了。"发水财,水里来,水里去。"皖河人说。

这次洪水后,余井镇又进行了一

次搬迁。

可洪水每年都要泛滥一次。因而每年的洪水季节,皖河乡亲们的心都要随着洪水的涨落,痉挛和疼痛一回。"抗洪"这个词语就是在皖河这样的地方生长、衍生出来的。每到洪水来临之际,乡亲们会全体出动,身披蓑衣,裤管挽得高高的,走在河堤上守护着。嘈嘈杂杂的喧闹声透过厚厚的雨帘,也总是传得很远很远。

事情一般都是在这时候发生。

雨停住的间隙,皖河有位刚卸任的老村主任,慢悠悠地踱到了皖河的大堤上。他看到他的亲人们在按照村里新政权的部署,一个个淋得像落汤鸡一样,却纹丝不动,像士兵守卫阵地一样守卫在河堤的各个险段。看到这千军万马的场面,老村长心里就有些激动和落寞。偏偏在这时候,他的后任找上他,说:"老村长,为保护河那边的企业和建筑,乡里决定在我们这里泄洪,那我们的村庄和良田……"话没说完,老村长的眉头就拧成一团疙瘩:"奶奶的,他们是金口玉言啊!"新村长听完这话,扭头就走。不多久,新村长就跟乡里吵起架来了。村民们携带着铁锹、锄头等工具过来,也开始阻挡前来泄洪的人群。坝埂上散乱着锄头、竹棍、铁锹什么的,立时一片狼藉,人们扭成一团。有位小伙子手持扁担,不停地凶猛挥舞,漫天的泥巴、石头、沙子夹杂着大雨冰雹般砸来。就在这时,一阵尖叫声锥子般地刺进了人们的心:"不好!河坝裂缝流水了,不好啦……"

"啊"的一声,老村长浑身一颤,身子陡然缩成了一团。倏地,他穿过混战的人群,不由分说就夺过那根横扫过来的扁担,说:"你们赶快去泄洪,快!"一个踉跄,他就跳进了渗水的缺口中。"老村长!老村长!"不知谁喊了声,乡亲们跟着就像青蛙一般噗噗地跳进水中,组成了一堵人墙……

却不见了老村长,他被洪水卷走了。

新村长因此被撤了职。撤职,他服气,但对老村长的行为,他有些不理解。老村长明明反对泄洪,怎么又会做出那样的举动呢?后来,他逢人便说,但没人能将这事说清楚。

为了立秋的事情

一些农活要赶在立秋前完成,真是一件不容易的事情。

"春雨惊春清谷天,夏满芒夏暑相连。秋处露秋寒霜降,冬雪雪冬小大寒。"起初,如果你听见皖河那些不识字的乡亲这样背着,你以为他们是在背诗。但你错了,他们背的是二十四节气。对于皖河的庄稼人来说,节气是他们心目中唯一包含许多诗意和让日子变得生动的东西。但你只要静下心来认真听,就会发觉,哪怕是把这诗背得再滚瓜烂熟的人,在"秋"字上也要打个"盹儿"。庄稼人有庄稼人天生的敏感。

开始是这样的:过了年,将家里所有美味的菜肴在元宵节那天闹完后,他们的心里就开始盘算着春耕的事——一度叫作春耕大生产。但春寒料峭,乍暖还寒,人们育种的心思总要在春天里徘徊一阵子。实际上,春种也是懒洋洋的,用不着急躁。田野里的花草刚从冬眠的状态中苏醒,要长得茂盛和肥沃田地尚需一段时日。播种的日子选好,撒下种子,种子就随春风春雨,随着花草的繁盛成长。心急的人家在犁长满花草的田了,阳春三月,风和日暖,一幅牛欢鸡叫的春耕生产的景象就在皖河两岸出现了。嗅着新翻的泥土气息,皖河人显示出从未有过的轻松。而后只等着禾苗发青,抽穗扬花了。

紧张的忙碌伴随着满田满畈稻谷的金黄来临。我查过一些词典,至今也没有找到"双抢"这个词。有年在河北承德的避暑山庄,我见到皇帝老儿题写的"避暑"的横匾,"避"字上多了一横,大家都不觉得是错。在这避暑的时候,正是皖河的"双抢"时节,而词典上居然没有这个词。可皖河的"双抢"的确是一个词语,解释起来就是抢收、抢种,即收割起春天的果实,然后又抢着种下新一季的庄稼——皖河栽插的是"双季稻"。之所以说"抢",是因为这一收一种都要在立秋之前完成,而时间又只有那么十几天。每年这样的十几天,就是皖河人披星戴月、水蒸火燎的日子了。

面前是大片大片金黄而沉甸甸的

稻谷,当然又是一个丰收年了。但皖河的乡亲们因丰收而带来片刻喜悦,在这个季节全被繁重的劳动冲淡了。骄阳似火,田里地里的水被烤得发烫、冒烟,金黄的稻谷一眼望不到边。割稻的人在金色的海洋里,一声不吭地收割着,身上的汗珠抛洒在田里,谁也顾不上擦。一直割到天色渐晚,月出西天。你原以为没有人了,可当你抬起头来时,你就会听到四周都是沙沙的镰刀声,到处都是皖河的乡亲。

割完的稻把齐整整地放在田里,然后乡亲们拖来打稻机打下,又一担担地将稻谷挑回,一遍遍地在稻场上翻晒,一把把地收拾田野中脱净谷粒的稻草。犁田、耙田、栽稻……"双抢"的农事,机械而烦琐,每个环节都无法省略。这样,乡亲们就不得不起早摸黑了。这段日子,时间浓浓地凝滞着,你总听到坝埂上扑沓沓沉重的脚步声、粗重的喘气声,间或还有人们大声呵斥牛的声音,乡亲们一下子分不清白昼与黑夜了。

面对皖河纷繁的农事,作为男人,我发觉我毫无优势可言。经过一天紧张的劳作,我就累趴下了。我手舞镰刀在旷野里挥舞,姐姐却远远地将我甩到了身后;我挑起一担稻谷,吃力地走着,姐姐送完她的一担,能赶回来接我了。我唯一值得骄傲的是插秧,我可以将秧插得端正笔直,手脚也还算利索,但姐姐蜻蜓点水似的早与我擦肩而过,将我关进了"笼子"……那个为我放弃学业,说"我们俩念书"的姐姐,如同河边许多的姊妹一样,在农业生产中从来不甘落后。在那样的田野和赤日炎炎似火烧的日子里,她们淋漓地抒发着劳动和青春,承受着一个少女本不该承受的农事。我像是一只泄了气的皮球,蹦跳了几下就累瘫了。坐在田埂上,我似布谷鸟一样叨念着:"快点儿立秋,快点儿立秋……"

果然就立秋了。

所有的庄稼活儿都在立秋前完成了——秋天到来,皖河的乡亲们绷紧的一根神经松弛了下来。他们开始等待着秋天的收获。而其时我却背着一肩行囊离开了皖河,远离了"双抢"……在城市里,我闻到的自然是另一种气息。但每当在街上看到一些女人身背坤包闲逛,不知怎的,我就会想到皖河,想起我皖河的"双抢"……

瞎爷这一生

皖河人管叔辈叫爷,管叔祖辈叫爹,故这里就有"爹爹大似爷"的说法。

因此,瞎爷其实是我的叔辈,一位族叔。瞎爷的眼睛是怎么弄瞎的,多年来在方圆几里的皖河边一直是乡亲们的一个话题。皖河人说,瞎爷小时候眼睛并不瞎,小眼珠一转,滴溜溜地就冒出一个主意,很是惹人喜爱。有一回,他的母亲在菜园地里莳弄青菜,他突然颠颠地跑到母亲身边,说:"妈妈,我的眼睛瞎了!"骇得母亲沁出一身冷汗,一下把他揽到怀里,掀开他的眼皮一看,原来却是他将眼睛贴上了一层竹膜。"讨债鬼!"母亲被他逗得好气又好笑,骂了他一声。他却若无其事,笑嘻嘻地跑到一旁玩闹去了。

那事过后不久,皖河这一带闹起了瘟疫,死的是一些青壮年和小孩。瞎爷的母亲急坏了,便带着瞎爷去三祖寺烧香。在乡亲们的传说里,瞎爷一直是被母亲牵着手走路的。但走过河里正修着的一座桥时,瞎爷的母亲却蹲下身子,背起了瞎爷。几个修桥的乡亲都熟识他们,就开玩笑:"这孩子真金贵,竟把妈妈当马骑!"瞎爷小眼睛滴溜溜地一转,觉得好笑,顺手就扯起河边的一根柳条吆喝起来:"吁——驾,吁——驾!"修桥的人们都笑起来,高声吆喝着:"贵人过河喽!贵人过河喽!"喊得母子俩心里乐滋滋的。

就在那年进香回来才半个月的时间，瞎爷突然就闹起了眼疼。母亲开始以为他害眼睛，没怎么在意，按照习俗找了个筛子躲在房门后用黑木炭画了个圆圈，嘴里喃喃地念了一通咒符。但瞎爷的眼睛还是疼，母亲这下急坏了，满河满畈地又是找艾叶蒸水，又是求神拜佛，法子都想尽了，瞎爷的眼睛仍是不见好转。母亲把他抱在怀里哭呀哭的，正哭着的时候，门口来了个游方和尚。游方和尚见母子俩怪伤心的，就画了个古怪的符，叫母亲贴到那新修的桥上，说："是桥神把他的眼睛夺走了。"说得瞎爷的母亲真信，真依着和尚在桥上贴了符，那符日晒雨淋地成了一张白纸渣，瞎爷的眼睛还是没有好。母亲哭得死去活来,扛着一把锄头跑到桥上挖。桥是用石块垒砌成的,还用糯米浆子拌桐油浇筑过,硬是挖不开。瞎爷的母亲没日没夜地挖,累得直喘气,又气得吐血,在床上躺了一个月,便再也没有起床。

　　皖河的乡亲们八仙过海,各显神通,尽管从事着各式各样的职业,可有一件事情他们是不做的,那就是——算命。他们把这个职业留给了盲人。让瞎子给"亮子"指路,乡亲们也并不认为滑稽或是什么迷信,只觉得这是上苍留给他们的一条活路,乡亲们说:"荒年饿不死手艺人!"乡亲们把这只看作是一门手艺。因此,瞎爷二十多岁时,乡亲们见他除了眼瞎,生得却是五官端正、标标致致,都心疼和同情他,怂恿他去学算命挣钱糊口。

瞎爷去了,瞎爷心灵嘴巧的,没到一个月时间果然就出师了。学成归来的那段日子,乡亲们像给他办喜事一样,全都拥进了他家里,供上好烟、好茶,给他以最高的礼遇,又各自报上生辰八字让他算命。男男女女、大人小孩,如此三番五次地,瞎爷果然就将"命"算得非常老到了。此后,他就斜背着一把二胡,拄着拐杖,穿越在皖河的村庄、街道替人卜卦算命……

"灵不灵,照书行!"瞎爷私下对乡亲们说。

与皖河的乡亲一样,我也把瞎爷算命的行为只当作和乡亲们所从事的铁匠、瓦匠、篾匠手艺没什么两样。但从外面回来,无论失意时还是得意时,我都喜欢跟瞎爷一起坐坐,聊天。他仿佛也喜欢我,每次见面,他都手掐指头,给我"指点指点"——这时候我才发觉,瞎爷对一村子人的生日都已烂熟于心。谁站在他的面前,不用开口,他立即会说出你的生辰八字。

可有一天,他找上了我,说:"大侄子,求你一件事!"

"么事?"我见他郑重其事的,倒糊涂了。

"唉!你知道,我大哥那孩子不怎么争气,大哥想把他送到乡下来。我想想,只有把他交给你。"说着,他就伤感地告诉我,他哥哥转业到城里什么都好,就是孩子没有管好,偷窃扒拿的什么事都干……望着瞎爷伤心的样子,我答应了。

他果然将侄子交给了我。那会儿我还在家乡的县城工作,就将他的侄子带到了家里。开始一阵子还算不错,但就在我出差不几天的工夫,他竟然在县城的一家酒店偷了几瓶酒,在那酒店喝得酩酊大醉,被抓了起来。我抱歉地将这事告诉了瞎爷,他沉默了一阵,说:"没法子,我给他算过命,他混沌……不怪你!"最后他倒是宽慰起我,"要说,这就是命吧!"

再后来,我离开了家乡。大概在第四个年头上,瞎爷死了。

"他给自己算过命吗?"在他死后的那年春节,我回家时特地让弟弟陪着上了一趟瞎爷的坟墓,站在墓前,我自言自语。

"不知道。"弟弟说。

他是不知道。可是我知道,这里埋葬了一个人——曾经记得我生辰八字的一个人。

河后面是山

河面上潮濡濡的,烟雾迷蒙。黄莺、燕子、水鸟低低地飞翔,无数珠子状的水滴将河里的倒影打碎,复合;打碎,又复合。坝堤上的竹林、树梢在微风中轻轻地摇曳。声音很低,叶子摩擦叶子的声音,蚯蚓爬过青石板的声音,炊烟飘上屋脊的声音,牛甩动柔长的尾巴驱赶蚊蝇的声音……不声不响,河里总会显现出一座莲花般的山来。河边,也总有人身披蓑衣,伸着碧绿的竹竿垂钓。山水辉映,情景交融,这天地,就像一位画家正在绘制的一幅长长的山水画轴。

河里面倒映的山,叫天柱,是一座既辉煌又寂寞着的山。乡亲们说,这山的辉煌与寂寞都与皇帝老儿有关——先是汉武帝刘彻梦见这儿烟雾缭绕、云蒸霞蔚,按图索骥访到这里,禅封这山为"南岳";后是昏头巴脑的隋文帝龙颜不悦,诏废天柱,另立南岳衡山。像一位既被君王临幸又被打入冷宫的妃子,天柱山被忽宠忽贬,冷暖自知,虽然也有"闲坐说玄宗"的日子,但并没有因此自暴自弃。面朝皖河,它巍然耸立,长长的影子投进皖河,也悠悠地投进皖河人的心里。乡亲们天天走在河边,抬头望望面前的河,又看看身后的山,常常就连自己也弄不清楚自己是走在山中,还是走在河里了。

天柱山很美。从皖河遥望,烟雾迷蒙中的天柱山,一座座山峰半遮半掩,如一朵欲开半开的莲花;山洞一个个云蒸雾缭,奇异得像一座仙宫。晴天朗日,万千阳光溅射高高的峰峦,峰顶凝固,峰峦拔萃,山脊一片开朗。在山脚下流淌的皖河就环绕着它,像一条长长的白织带飘荡着,浅浅缓缓、逶逶迤迤地飘着。水有多长,山有多长;水有多深,山有多高……天柱山自珍自爱,不愠不火,终年与皖河厮守着。日日夜夜面对天柱,靠山吃山,靠水吃水,乡亲们觉得这山像一个神奇的百宝箱了。他们在山上种树、砍柴、挖竹笋……太阳西下,山峰倏地掩盖了皖河的一切,山忽然又显出一种神秘阴森的色调。他们首先发现的似乎就是这好处,于是经常拿这个吓唬那些淘气的孩子:"再调皮,就把你送到天柱山去,看你怕不。"果然,孩子睁着圆圆的大眼睛,就不再调皮了——在皖河,山已是乡亲们无法回避的一个话题了。即便夏天,在河边纳凉扯闲篇,乡亲们也"从皖山上尖发脉"(皖河语),滔滔不绝地说的是天柱山一串串美丽动人的神话故事,诸如天柱山最高的山峰能种"一石种"、天柱山和尚撵美女等等。这些聊斋般狐精狸怪的传说,乡亲们编得头头是道,听得人是屏声息气。

有一座山,还有一条河,这山、这河仿佛就成了一对相敬相爱的小夫妻。皖河人祖祖辈辈、世世代代在这儿耕作着,渐渐地,在山的身上看出了一些蹊跷。他们说,从河东看天柱像一只牛头,所以河东都是些在土地里刨食的人;河西的人看山像只大风箱,所以河西出的铁匠多;河南的人看天柱像根大竹笋,所以河南的篾匠多;而河北的人呢,看天柱就如一个笔架,所以文人多。不管这说法对不对,天柱山赋予皖河人的是一些神奇的想象,一种日常的话题。而地处河北的桐城县也的确文风昌盛,不仅出现了独领一代风骚的桐城派,还出过一对名满天下的"父子宰相"。只是皖河更多的人还只能是日出而作,日落而息。荷锄扶犁,他们无法走出皖河,为皖河做些什么。

倒是皖河之外的人为这山付出了

很多。据说历史上极负盛名的文人骚客如李白、苏东坡、黄庭坚、白居易等都在此居住过。甚至远在东汉,一位叫左慈的老道还在这里筑灶炼过七七四十九天的"仙丹"。那时,他们夜住皖河,昼登天柱,或在摩崖上赋诗刻石,或在谷口建亭饮酒、读书下棋,玩兴起来,得意忘形地就发几声"待吾还丹成,投迹归此地""万里归来卜筑居"之类的慨叹……"仙丹"自然没有炼成,"筑居"也是一时的酒话,到最后他们都走了。外面的世界很精彩,人们都乐意闯荡精彩的世界,其中将世界"闯"得最大的该是王安石了。在这里,他做了几年通判,到京城就当了宰相,搞起了"变法"。皖河人说,是河水赋予了他灵气,是天柱给了他铮铮铁骨。想起来,恐怕他的一些改革思想还真是在这里形成的。他曾为天柱山作过一首诗:"……惜哉危绝山,岁久沉汩没。谁将除茀途,万里游人出。"以政治家敏锐的眼光,他早就看出这山遭冷落的原因是交通落后。

仿佛是一种点化,皖河人很快读懂了王安石的诗,也很快意识到了这座山的旅游价值。从此,他们不再只是口头上滔滔不绝地渲染天柱山的雄奇灵秀,或者埋怨那个昏庸的隋文帝,而是脚踏实地地开发起天柱山。说来奇怪,乡亲们只是修了一条上山的路,这座待字闺中、散发着浓郁文化气息的大山就又高山打鼓,名声在外了……

陪人上天柱山,从此成了皖河人

生活中的一件大事。

现在,只要你到皖河来,他们就必定会带你攀登天柱山,还要带你坐着皖河的竹筏,然后,指着皖河里的倒影问:"这山像不像一尊佛?"

"像!"你果真觉得那山就是一座如佛的山了。

一个人的河流

面对一条河流,不同的人肯定都有许多不同的想法。比如孔子站在黄河边,庄子面对着濠水。但更多的时候,更多的人都让河水在面前悄悄流逝,连一朵浪花也不会溅起。我也不例外。我自小从皖河的这岸走向那岸,又从那岸走向这岸,河水流逝了我的童年、少年,还在毫不犹豫地流逝我的中年和老年。我发觉我也无法改变皖河的什么。有时候,我站在桥上望着河里的倒影,我发觉,我和皖河的乡亲们在本质上没什么区别,我们喝的都是皖河的水,是河水无私地滋养了我们。

"一方水土养一方人。"皖河人说。他们说这话,是因为皖河住进了一个外乡人。——皖河两岸的乡里乡亲,见面都嘻嘻哈哈,或者干脆直呼其名,比如瞎爷、望全、孝女、牛王……几乎没有人被称为先生。可乡亲们唯独对这个人例外,他们称他为先生——乌先生。这是因为乌先生不是土生土长的皖河人。

像皖河身后那座沉睡了几千年、

蒙上了一层又一层神秘面纱的天柱山一样,在皖河,乌先生身上也有一层神秘和传奇的色彩。乡亲们第一次见到他,是在一个有着淡雾的早晨。乌先生长得很矮,身子瘦硬,反剪着双手(这就不像皖河人)站在沙滩上,细眯双眼打量着什么。乡亲们开始以为他只是一个过路人,没当一回事。但很快,他们就发觉乌先生与三祖寺的妙高和尚打得火热,还住进了庙里,一点儿也没有要走的意思。于是各式各样的猜测和议论就如浓雾一般布满了皖河。有人振振有词地说:"乌先生是从北京城里来的学生,他走遍了天下的名山大川,最后爱上皖河秀丽的山水,所以住了下来。过一阵子还会把他的家眷接来。"有人拍着胸口,信誓旦旦地说,乌先生因为老婆被人夺走了,一气之下跑到皖河,恐怕要做和尚……背后,乡亲们这样嘀嘀咕咕的,但没有人直接去问他。

乌先生为皖河改变了什么,乡亲们开始并不知道。

一年,两年……乡亲们便开始渐渐地承认了一个事实:乌先生竟然一直就住在皖河,直至住到老、住到死。乌先生把一生都交给了皖河,交给了天柱山,造福了皖河两岸的人民……他在皖河做的竟都是些善事:他拿出自己的积蓄不算,还到处化缘给皖河修桥,给天柱山铺石阶、修路,为牺牲在皖河的抗日将士们修建陵园,创办学校,写山志……随着天柱风景区的开发和皖河的声名远播,乡亲们恍然大悟。但有些一时也还无法明白,比如说,明明他要一辈子打光棍儿,却又出人意料地讨回一位大家闺秀;他被诬陷为"反革命分子"关入监牢,却看鸡、养猫、写写画画;被劳教罚砸石子,他却成天哼着黄梅调,快活得像神仙……乡亲们目睹着乌先生全部的苦难和欢乐,同时也将问号投向皖河。——当然,这些并没有妨碍他们尊重他、喜欢他。

有些事可以回避,但有些人无法回避。皖河的乡亲们嘴里时而蹦出这样一些朴素的话来。的确,人与人就像隔河相望的两棵树,无法走到一起,但有些事像雾一样穿河而过缠绕着你,直到一棵树老了、蔫了,而另一棵树还很年轻,还散发着旺盛的生命力。

那么,那棵年轻的树也要面对河流——我就曾试图蹚过这条河。

在一个阳光如水的秋日,我就多次见到了乌先生。

在交谈中,我渐渐印证了皖河人传说的一些事实:乌先生叫乌以风,山东聊城人,曾就读于国立北京大学哲学系。后来任过一些地方的图书馆员和中学教师。一个偶然的机缘,他遇上当时被称为国学大师的马一浮先生,即被马先生的学识所吸引,于是跟随马先生跑到四川复性书院担任了典学和督讲。一年秋天,他拜望远在西湖香桥别墅休假的马一浮,凑巧路过皖河。莫名其妙地他就被皖河身后那座雄伟的大山迷住了——四年之后,当妻子说要弃他而去时,他心里空落落的,脑海里却奇怪地浮现出了这座天柱山。于是,他雇一顶花轿送走妻子,也告别了马先生,孤身一人,义无反顾地来到了皖河。他说,这是命中注定。

有时候,一个人就是一条河,一条布满往事的河流——尽管它的语言人们不懂。

"立极方知天地大,凌空不见古今愁。"这是乌先生第一次登临天柱山时的感受。他说,有人建议他将这"大"字改成"小"字,但想想他还是改了回来。他觉得天地还是很大很大。他像是一尾鱼游到了皖河,他就得把整个身心都投向皖河,交付给天柱山……我们的几次交谈都充满着平静与快乐,我静静地凝望着他那天柱山般的寂寞、皖河般沉静的心态，一下子也就改变了他失败的感情生活是他隐居皖河的理由的看法。我相信了他，更感到一泓淡淡的秋水，温暖而长久地流进我的心里……

当然，皖河是出过一些著名人物的，如陈独秀、邓石如、程长庚、张恨水、严凤英……只是，那些人物都与历史有关，历史会记住他们。但还有一些人与历史无关，却与皖河有关。乌以风就是其中的一位——不信，你把一生交给一条河流试试。

河边的寺庙

皖河两岸绵延着大片的稻田、麦地和菜园，一河两岸的村庄在绿竹的风里渐次涌现。在错落有致、风貌相似的村庄中,最引人注目的建筑就是河边那座繁华的寺庙了。那座寺庙建造在通向皖河的一条深深的溪口处。群山环抱着幽深的溪谷,依山傍河的塔庙,红墙琉璃瓦,苍然挺秀,如一顶炫目的皇冠落在皖河的岸边,昭示了与皖河不一样的庄严和肃穆。

这庙有两个极好听的名字。一称为"山谷寺",说宋代大文学家黄庭坚自号"山谷"就缘于此地;一说是"三祖寺",是因为这里真真切切地是中国佛教禅宗三祖的道场。不管怎么说,皖河边有着这样一座寺庙,乡亲们在不知不觉中,精神上就无法绕开它了。在农闲无事的时候,他们发觉,皖河整日或喧哗或平静流淌的河水里,夹杂着一阵紧接一阵的木鱼声和塔铃声,飘逸着一股股浓浓的香火之气。这种来自泥土之外的与泥土不同的气息,使他们常常感到新奇,也感到不安。

寺庙的开山祖师是梁武帝时的宝志禅师。这在《史地图经》中也有记载:"志公与白鹤道人皆欲之,同谋于梁武帝,帝以二人俱有灵通而未敢决,俾各以物识其地,得者居之。道人云:某以鹤止处为记。志公曰:某以卓锡处为记。已而鹤先飞去,至麓将止,忽闻空中锡飞声,惊徙峰半,志公之锡遂卓于山麓……各以所识筑室焉。"在这次佛道斗法后,山谷就成了佛教宝地,东山鹤止处便成了道教道场。从历史上看,唐宋时,这儿佛道两教规模一定盛大,道教唐名真源宫,宋改名为灵仙观……那时期,皖河岸边寺庙座座,道观列列,举世无双。佛、道两教在这里是何等兴盛就可想而知了。

后来道宫毁于战火,剩下的便只有这座寺庙。仔细打量寺庙,它与皖河附近的司空山、双峰山在中国佛教禅宗历史上的确很有地位。达摩东来,虽定居于嵩山少林寺,但二祖慧可、三祖僧璨、四祖道信都曾在此接钵披袈。禅宗法师们修心养性,同时也有意无意地用佛教的智慧在这里画出了一条瑰丽的禅宗风景线,留下许多玄妙的传说。相传,隋炀帝大业二年(606年),僧璨在寺庙前的大树下火化时,留有一则有趣的公案。沙弥道信,年方十四,来礼师曰:"愿和尚慈悲,立与解脱法门。"师曰:"谁缚汝?"

曰："无人缚。"师曰："何更求解脱乎?"道信听了大悟,此后潜心禅学,成了禅宗四祖。由于宗教的介入,山谷寺从此便与天柱山、皖河构成了一道美丽的自然和人文景观,吸引着大批达官贵人、文人骚客流连忘返,像李白、黄庭坚、苏东坡……都曾把这里当作"家",说是寻到了灵魂没有绳索羁绊的快乐。

尽管他们不断留下一些空洞的豪言壮语,无法兑现就远走高飞,但无形中这些人在皖河深深地种植下了文化的因子。好在乡亲们对这些前朝旧事、文人醉话也并不当真。在他们看来,寺庙就是寺庙,是皖河这一方水土赏赐给他们的一块风水宝地,是他们心灵的一块栖息之地,是他们精神的图腾。生老病死,当日子过得有点儿打"结"的时候,他们就把这"结"带到这里,说与寺庙,说与菩萨听——因而菩萨显圣不显圣、显灵不显灵,才是他们最为关心的。他们津津有味地议论着的,大都是三祖寺香火如何鼎盛;每年农历四月初八的"浴佛节",长江成群结队的鱼儿如何从大江溜进皖河,溯流而上,拜见三祖菩萨……

后来,"批斗'封资修'""农业学大寨"的口号也在皖河两岸喧嚣了起来。和尚被赶走,经书被烧毁,佛寺一侧的摩崖石刻被铲平,三祖寺重归冷寂。乡亲们没有了田和地,和尚自然也就没有了庙。这没有什么,但他们感觉自己的心里总是空落落的。

这样的日子没有持续多久,三祖

寺就又住进了和尚。

和尚叫宏行。佛还是那尊佛,但庙不是那座庙了。这个乐呵呵的僧人,像一尊弥勒佛,先是到处乱跑,执杖挂单,锡林芒鞋。跑了一阵子后,他就静下心来,自己设计,自己施工,重修了寺庙的一切。他修复五层九丈高的宝塔,装修大雄宝殿,修着修着,乡亲们突然发觉,寺庙建得就像一座美丽的花园了:苍郁的松林、茂密的修篁、金碧辉煌的庙宇、日日盛开的夹竹桃和洁白的莲花,使寺庙宁静而雅致……有了袅袅的香火,有了僧人的进进出出,还由于面前清亮的河水、大片的良田和竹林,三祖寺就引得善男信女们纷至沓来。一时间,风吹禅院,塔铃叮当,乡亲们在繁重的劳动中听着那铃响,真不知是心动,还是风动。

"宏行法师,怎么将庙建成了花园?"与大和尚混熟了,乡亲们偶尔也与他逗趣。

"阿弥陀佛,此花园非彼花园也。"宏行往往一脸的玄妙——或许花园中的佛是最为自在的吧?禅是自觉的,当然也是自在的。

走亲戚

没日没夜、无声无息地,皖河总是在静静地流淌。在一年四季的日子里,乡亲们总觉得有许多事情要做。其中做得最为轻松、悠闲和舒畅的就是走亲戚了。

春节、端午、中秋……这些重大的

节日在皖河两岸的农事欲闲未闲、欲忙未忙时到来。仿佛是一种美妙的提示,乡亲们在亲近脚下的土地、亲近庄稼之后,就陡然想到也该亲近自己了。"一年四季,三节礼要送的。"乡亲们这样说着,把目光暂时移开土地,转移到那些总在心里惦记的或远或近的亲人身上。于是这时节的皖河两岸,沟沟岔岔,突然就冒出了许多穿戴整齐、嘴里哼着黄梅小调的人。他们拎着平时舍不得享用的好烟好酒,以及猪肉、鸡、鸭和挂面、米粑之类,携儿带女,神采飞扬地走在通往丈人家或者七大姑八大姨家的路上。即使生在一个村里,低头不见抬头见的亲戚,这时也会放下手中的活计,专门置一桌酒席恭候着、款待着、客套着。喝着大碗大碗的酒,说些喜气洋洋的话。那时,浓浓的酒香熏得皖河两岸十里之外都闻得到,都香喷喷的。

当然,最有趣味的就是新娘子回娘家了——

绕过几畦青青的菜园,新娘子云儿就感觉自己的心境与从前不同了。这时候,云儿是被丈夫叮嘱过的,是快要当妈妈的人了。她也完完全全地感觉到了。走在皖河的大堤上,望着面前的路,看见那一大片灿若云霞的果园,她就不假思索地走了进去。那是一片杏林,此时圆乎乎的青杏,正青黄青黄地朝下垂着,有的嘟噜地挂着一溜。这一溜溜青黄的杏子竟牵扯得她舍不得离开了。云儿发觉自己每向前走一步都要费好大好大的劲儿,尽管时间还早,但她听见自己的肚子已咕咕叽叽地叫唤起来,似乎有毛毛虫在搅和着,满心满腹地燥热。这时,她真有些后悔,不该大路不走走小路,无端地走进这片杏林里来。倚住一棵杏树,她歇息了一下,轻轻地喘口气,肚子却一下子叫得更厉害起来,眼前朦朦胧胧地冒出来无数个金星,里面像是酿了一肚子黄水要吐。支撑不住,她干脆放下菜篮,用手托住发涨的头,哇地打了个呃逆——哇哇,她索性使劲地弯腰倾吐着,可什么也吐不出来。她突然感到口渴,本能地四下望望——这一望,倒使她心里舒服不少,那青黄青黄的杏子不正好解渴吗?——说也怪,这种欲望一冒出,就像小时候她闻到妈妈熏鸡汤香味一样,嘴里立时一个回味,手就慌忙举过头顶,拧住一个杏子落到了手心。

"谁偷杏子!谁偷杏子!"突然,她的身旁猛地响起了一阵吆喝。

云儿一惊,慌忙放开手中的杏子。杏子旋即滚落到了地上。随着声音,她的面前陡然出现了一个小女孩。小女孩约十岁的样子,一对羊角辫甩甩的。她弯腰捡起那杏子,朝着坝埂上的窝棚使劲地跑,边跑嘴里边喊着:"花姑娘,丑死人,小时偷针大偷银(人)……妈,妈,有人偷——杏——子!"

话音未落,果树掩映的窝棚里果然走出了一个女人来。女人必定是杏林的主人——她手中拿着鞋底,呼哧呼哧地拉着小女孩走过来。云儿一见,立即觉得脸上有股热浪扑打着,话也显得结巴起来:"是、是我……"

"嘿!傻丫头,我当你抓了谁呢!这是你云儿嫂,你还不……"女人喝住小女孩,眼睛飞快地将云儿的身子上下扫了一遍,咯咯一笑:"你害口了哟?你摘吧,来,摘这酸家伙给你吃!"说着,女人不管正愣着的云儿,将鞋底利利索索一撂,就揣进云儿怀里,自个儿钻进杏林。不一会儿,她的衣襟里兜满一大兜青杏,就呼噜呼噜一股脑儿全倒进云儿的菜篮里,咋呼道:"害么子羞?我肚子带伢子时,"她用手指指小女孩,"一顿就吃了好几斤杏子呢……惹得肚子好臊人!你要吃,尽管来,啊,走吧!别耽搁了回娘家……"

"嗯嗯。"云儿被女人感染得脸红红的,唯唯诺诺应了声,一下子就显得手足无措了。倒是女人的话提醒了她。她便借机向那杏林的女主人和还噘着小嘴的女孩道了声谢,抽脚就闪进了果园的小径上。

春风拌和着果树的芳香,从果林里轻悠悠地飘来。云儿猛然吸了一口。咬口青杏,她感到惬意极了。

"妈,你么样不罚她,还白送杏子给她吃?"

"傻丫头,这你就不晓得了,你云儿嫂子要养胖弟弟了。"

"还我不晓得呢!就是你,只晓得做人情……"

那女人和小女孩的对白,也从果园的深处飘来。云儿听到后,料想那母女俩的神情一定很逗人、很好玩儿。眼睛不觉扫了扫腹部凸出的部分,轻轻地牵牵自己的衣角,抿着嘴儿咪咪地笑着,就慢慢沿着果园向前走了。

皖河人走亲戚,就走得这样生机盎然——当然,不用猜,大家都知道那云儿是谁家的新媳妇了!

绿竹婆娑

风儿吹来。那风刮得竹林像潺潺的流水,让人恍惚觉得时光已变成绿色,在平静而悄然地流逝。即便冬天里也是这样。站在皖河的坝堤上四处张望,哪里有一丛绿,哪里就有一大片竹林,翠竹、水竹、斑竹……多数是水竹,枝干很细,骨节突兀,竹叶呈现一个个的"个"字。许多年后,我发觉郑板桥喜欢画的就是这种竹子。"人迹板桥霜",在霜降的时候,一层白白的霜绒毛似的落在沙地、覆在竹叶上,让人疑心郑板桥曾到过这里,站在这样一簇竹林前若有所思,有点古典与落魄。

皖河人家是没有这份闲心的。他们对待竹子的态度如同对待一蓬野草,任其自怨自艾、自生自灭,顶多砍回家让其变得更为干脆,然后烧锅。那干脆了的竹子在锅灶里噼噼啪啪地响着,像是正月里人家鸣放的爆竹,在火中活蹦乱跳的。透过火焰,可以看到竹子细瘦的身子在扭曲、在舞蹈,熬出涩涩白白的液体在流淌着。偶尔也有人将竹子砍回家,编出稻箩、菜篮之类,但一般都是偷偷摸摸的。因为在当时这都是"资本主义尾巴",属于要割的对象。有些村子里竹子多,人也比较开明,就集体砍回来,一捆捆地叫篾匠师傅编,编到哪家,哪家就管饭,一家分一些箩筐之类,然后到集体上工。如果在一个早上,那些崭新的箩筐全摆在田畈上,新簇簇的,很有点儿焕然一新的意味,使人干活就格外舍力,往往很早收工。

皖水从山里流来,流向丘陵,又流向畈区。有水流的地方就有绿色的竹子。山上长着的是斑竹,丘陵和平原就生长水竹。水竹,顾名思义就是喜欢水了,那水竹细嫩嫩的模样,像是皖河人家活蹦乱跳的小女孩儿,聪颖、可爱、活泼,害羞地低着头,总在风中沉思。

而斑竹则不同。这些大山的丈

夫,一棵棵圆圆粗粗的竹竿直伸天空,竹竿碧绿,光溜溜的,基本上没有竹枝和竹叶。一到春天,满山潮湿的土地就冒出亭亭的竹笋,笋衣包裹着,在风中与时光里,那笋衣慢慢地剥落开来,露出竹的高风亮节,使人联想到久被蒙垢的心智的开启。对于粗大、高壮的斑竹,乡亲们心里是结了痂的:说日本鬼子侵略时,皖河人"跑反"跑到山里,鬼子追到后,抓住人,就把两根长得很高、很开的斑竹按倒,然后将人边手边脚地捆在两根竹子上,再残酷地放开——有了弹性,竹子伸直了身子,那人就活活地被撕成两半。斑竹千重泪,乡亲们有自己的辛酸。如今,老人还常把这故事说与年轻人听,让他们牢牢记住。

一个村庄全生长在竹林里真是件幸福的事。皖河在竹林荫里,远望就像是天边飘忽的一条白白的丝带,有咿咿呀呀的黄梅调在竹林里响起,响动在绿色的风里。那一定是他们的日子过得畅快的时候。这时,皖河人陡然发觉,竹子全身都是"宝"。因为他们的县志就有记载,皖水冲积出的这片沙滩叫"舒州",在唐朝是个州府。那时老祖宗们就用这竹子编席子,叫"舒席",进贡皇上。他们发掘过一个西汉古墓,从出土的文物看,这竹席在西汉时叫"汉簟"。从此,皖河人就将这竹席编得理直气壮起来。

"勤上山,懒赶集,阴天落雨编竹席。"乡亲们说。

这句流传在皖河岸边的民谚,简

直就代表了皖河人的生存哲学。晴天他们到山上打柴火,或是懒懒地去赶集;一到阴天落雨,家家户户就在家里编竹席。编席子是细活,竹子砍回来后,刨去枝叶,断去竹梢,齐崭崭地捆在一起,放在水里浸上两天再剖开。剖竹也有讲究,必须剖得均匀、整齐,再用刀拉成篾条,篾条用拇指擦拭,感觉如丝绸滑过。被刮光的篾条柔如棉絮、软如青藤,百折不挠,然后就可以编了。编席子的多数是女人,她们盘腿而坐,如高僧入定一般,双手舞动篾条,如花翻飞。那时候只感觉咝咝的篾声,眼前是如竹的舞蹈,一片眼花缭乱了。最好的席子是用水竹编的,那席子可以折合成一小合筒,如卷一本大书,展开也不伤不皱的。在炎炎的夏天睡在席子上,身下清凉如水。"天阶夜色凉如水,卧看牵牛织女星。"我想诗人一定是睡在凉席上写的。

我也曾为竹席写过一首诗,后来这诗还被一位作家引进一篇文章里。我虽然没有成为诗人,但在离开皖河的那些日子里,那竹林却老是很绿、很清晰地晃在眼前,竹影婆娑,摇曳出一些陈年的诗意。

树上的鸟儿成双对

"树上的鸟儿成双对,绿水青山带笑颜……"这句黄梅戏人人都会唱,但肯定都不会去关注树上的鸟儿。可是在皖河,你清晨听到鸟鸣,循声望去,真的就会看见树上鸟儿成双成对的。

那两只鸟儿,一只唱出了咿咿呀呀的黄梅调,一只就吼出了穿云裂帛的京腔——当然,也就随处可见京剧鼻祖程长庚的后代们在河边劳作,听到黄梅戏大师严凤英的姊妹们咿咿呀呀地唱着《打猪草》……面对树上的两只鸟儿,乡亲们自己也弄不明白,皖河怎么就溅出了京剧和黄梅戏这两朵戏曲艺术的浪花呢?

皖河默然无语。但乡亲们一听到这熟悉的音调,立即喜笑颜开,他们说皖河本是"真龙潜藏"之地,该出三十六把黄龙伞。但可惜河水笔直地流向了长江,没在那巍峨如冠的天柱山前打个"结"(玉带),所以龙气不足而流于假,只出舞台上的假皇帝。虽然这只是风水先生附会穿凿的迷信,但这一带也真的出现过不少的戏曲大师。数得上的除程长庚、严凤英外,还有率领徽班进京的三庆班的班主高朗亭,武生泰斗杨月楼、杨小楼父子,以及王鸿寿、郝天秀、茹莱卿、夏月润、叶中定、王九龄、夏奎章、叶盛兰、胡遐龄、左四和……连黄梅戏的经典剧作《天仙配》《女驸马》也是皖河艺人们口传心授保留下来的。站在河边数,你就会发觉这里的戏曲大师们像河边的星星草一样,数也数不清。

"徽班昳丽,始自石牌"——在广州梨园会馆的碑刻上还有一句话:"南国艺兴隆,北都弹戏香,梨园佳子弟,无石不成班。"这"石",指的就是皖河冲积的平原,河水流进长江的入口处——石牌。倒退一百多年,这里便是最为繁华的商埠和水陆码头。那时,皖河两岸物产丰饶,人民生活富裕。农闲季节,乡亲们随口哼哼,哼出了味道,于是一高兴干脆就搭起了戏台唱戏。这下就吸引了很多人,连远离皖河的徽州和当时的戏曲中心扬州都有人为听戏来开店经商——乡亲们自娱自乐成就了戏曲,商人们足够的经济支撑为戏曲发展又提供了保障。一年四季,沉迷在自己制造的优美旋律中的乡亲们,开始添置行头、道具、布景、乐器,渐渐就把戏唱大了。

皖河人喜欢把京剧叫大戏,黄梅戏叫小调。

戏曲讲究口传心授,唱戏的多,戏曲世家也多。像程长庚与程继仙爷儿俩、杨月楼和杨小楼父子……他们把戏从皖河唱到京城,虽然再也没有回来。但皖河的水滋润了戏曲,哺养着艺术,日浸月润、耳濡目染的,戏曲却在皖河河岸一天天地流传开了。言为心声,民间戏曲家们唱着大戏小调,送走白昼迎来了黑夜,到最后竟连自己也无法弄清什么是戏剧,什么是人生了。河边有位老艺人,听说邻村一对夫妇打架吵嘴闹离婚,他就颤巍巍地赶去,唱《何氏嫂劝姑》,唱得自己泪水涟涟,也感动得那对夫妻破镜重圆——皖河的艺人,后来干脆就用戏曲教育自己的乡亲。

纯粹的农业文明产生不了戏曲,纯粹的商业文明又容易扼杀戏曲,只有农业文明向商业文明的转型时期,才有一块适合戏曲发展的土壤。据说,皖河戏曲的发展就是因为经历了这样一个时期。皖河之外,曾有人这么理性地分析着。但乡亲们不听这个,他们只是按照自己的方式和习惯去接纳戏曲和理解艺人。古训"戏子不上家谱",但皖河程氏家族们自作主张,将程长庚的大名赫然地列上了宗谱。遇上穷困潦倒的艺人,他们还会将那些艺人接到家里供养,乡亲们只要自己有一口饭吃,就绝不会饿着艺人的肚子。

对待戏曲,乡亲们就如同对待皖河——既宽容又苛刻。

阮大铖——大家都知道这人了。他写过《燕子笺》《春灯谜》,当时他的戏"在科介排场,无不紧凑,流传至今,搬演不辍"。但他在明、清朝代交替之际弃节不保,巴结权贵残害忠良的事,就为乡亲们所不齿,即便现在乡亲们说到他也是直摇头。至今皖河的阮氏家谱没收,县志也不写他,笑他"河东不要,河西不收"。说是遮羞也好,厌恶也好,阮大铖反正已成为皖河历史的一个尴尬,乡亲们心上结的一块深深的伤疤。

充满灵性的皖河就这样沉稳,这样泾渭分明!

斯诺曾说:"在扬子江的中下游,有两个地方的人说话最好听,一个是重庆,一个是安庆。他们说话宛如鸟儿的歌唱。"乡亲们对这话很是喜欢。不断地说,不断地提,有点儿重复、自豪和炫耀——这倒不是崇洋媚外,因为重复在这里是没有错的,戏曲就是重复了一遍又一遍的东西。

温暖的花朵

在皖河那纷繁的花朵中,棉花是一种最富有人情味的花朵了。仿佛是某种神示,它总是赶在冬天到来之前盛开。那时候当然是皖河的秋天了。一泓秋水浅浅地流淌,如一摊白银泻在雪白的沙滩里,天地一片澄澈。站在皖河的中央四下张望,大片大片白得像雪的棉花远远地开放在皖河两岸。一不小心,你就会当作是谁放牧的一群白羊。更远的,似乎就是一朵朵飘荡的白云,逗得皖河齐刷刷地竖起了倾听的耳朵。棉花的白云,以它独特的姿态绕过了所有的谛听,在阳光下淋漓地抒情。

棉花似乎是皖河为寒流而准备的礼物。女人们穿着薄薄的秋衫,胳膊挽着竹篮,几乎不约而同地走进了棉花田里,她们小心翼翼而又大把大把地摘着棉花,夏天火烤火烤的阳光被如水的秋阳冲淡,但那炙热的光芒并没有远去,它们都躲避在棉花坚硬的壳里。女人们穿梭在棉花丛里,四周立即攒动的全是一张张棉花似的笑脸,不知不觉地,她们浑身也感到一些温暖。冬天就要到来,孩子们正等着御寒的棉袄,家里床上盖旧了的被子需要翻新。而一些老奶奶呢,额头上深深的纹沟已让棉花擦尽,缺牙瘪腮地笑得合不拢嘴。她们焦急地期待着,要将棉花捻成一个厚厚的棉锤,然后在寒冷而漫长的夜晚,摇着古老的纺线车,将那棉锤纺成一根根棉线。纺线是她们最拿手的活计了。用这棉线,她们差不多就可以织成背带、纺成围巾等各种小玩意儿,然后留给自己的子孙。在活蹦乱跳的孩子们身上,老人看到他们穿着自己织成的小草、小花什么的。孩子胸前编织的"老虎头"在灿烂地微笑。

"弹花匠"因而成为皖河一种古老的和最受欢迎的职业。乡亲们将棉花一朵朵摘回来,剥掉那褐色的壳,将棉花揉混在一起,在秋阳里晒干,然后就会邀请他们到家,好鱼好肉、好烟好酒地招待几番。弹花匠喝得醉醺醺的,将弹弓调好,站在面前巨大的"雪山"上,放肆而欢快地用木棒挑拨着。

嘣——锵锵、嘣——锵锵。皖河秋天里的棉花散发出了一种金属的气息,两岸的弹棉花声弹奏起一种奇妙的音乐,使皖河变得闲适、优雅。河水因此也激动得不停地歌唱着爱情和劳动,而后又归于一种平静。弹花匠将那弹好的棉絮弄得熨熨帖帖,如一方硕大的豆腐。高兴的时候,弹花匠还会细心地在网住棉絮的时候,用红线头织成"福""喜""新婚快乐"的字样——那样的被子,一般都是主人为待嫁的姑娘或者为待娶的新娘而准备的。

新娘子在洞房花烛夜里,暖暖地捂盖着一床绵软阔大的棉被,除独享着一个男人的体香,同时能清晰地嗅到的就是棉花与阳光混合的气息。这种人生中最奇妙的气息,搅得她们躺在温柔乡里,幸福地陶醉和快乐着。过不了几天,她们就会毫不害羞地将这床棉被拿到阳光下翻晒——通常这哪里是晒被子,简直就是晾晒着一种幸福和富有。

　　从棉花的播种到成熟,以及制作成棉被、棉袄的时间短促。但对于其中的每一件活计,乡亲们都做得非常精心和认真。棉花是最不容易凋谢的一种花了,但它在生长、制作过程中,乡亲们领略到的幸福、愉快和轻松,是皖河所有庄稼活所无法比拟的。不像种稻子和麦子,锄禾日当午,汗滴禾下土。在棉花成熟的季节,一朵朵白云绕山间,皖河到处飞扬着悠扬的歌声和欢快的笑声……当然,皖河人并没有因此而放弃栽插水稻和麦子。相反,他们不像完全以棉花为生的棉畈区那样,将所有的土地都种上棉花。像只是为了欣赏一下自己种的花朵,他们种的棉花最多只管家里床上盖的和身上穿的就够了。棉花大都习惯生长在山地上,而皖河流域大多是水田,土地并不富饶。乡亲们觉得,这就是上苍的一种安排。上帝给他们的分工就是种水稻,没必要白白浪费大片大片肥沃的水田种棉花。

什么地长什么庄稼,他们认为这是天经地义的事。

皖河两岸除了大片大片的白棉花,在秋水茫茫的季节,还有白色的芭茅花和狗尾巴草在风中摇曳,它们一般都凋落在冬天,只有棉花既干净又利索地在秋天里成熟和结束。冬天真正来临之际,寒风吹彻了皖河每一处村落,那时棉花便穿在他们的身上,温暖着他们的身心了。

谁都清楚,乡亲们感念棉花,是因为另一种白花——雪花就快要降临到皖河了。

皖河的年

皖河人在感情上对"春"和"年"仿佛就有些异样。特别是对待春,好像春是一个不吉之物。在皖河边就流传着"打春""赶春""咬春"的说法。对于过年,乡亲们尽管也有类似的看法,但态度虔诚得异乎寻常。"孩子望过年,大人望插田。"皖河人说。

差不多从腊八开始,皖河人就开

始张罗过年的事情了。河边的小镇上,先是出现了卖红灯笼的商贩,那些商贩挑着堆成山的红灯笼招摇过市,将皖河两岸渲染出一片年的氛围。从此,皖河整个的腊月都被红灯笼映照得红通通、暖洋洋的。到了腊月二十三,每户人家便将屋里积攒了一年的灰尘打扫干净,然后就放鞭炮、请灶神、过小年,一直忙到大年三十那天。到了那天,一般人家都已收拾停当,门上贴着红红的对联了。年夜,女人们忙着烧年饭,男人们则显得有些清闲。最熬不住的当然是孩子们,他们东张西望的,嘴里嘀咕着:"年来了吗?年来了吗?"

"年到了河对岸呢!"河东的人说。

"年到了河东呢!"河西的人说。

于是孩子们都朝河的对岸巴望着。

果然,随着夜色的降临或者夹杂一片片飞絮似的雪花,年就来到了。这时候皖河户户开门,家家亮灯。乡亲们开始放鞭炮、吃年饭,一家人团团圆圆地围坐在一张桌子上敬酒,有白酒,有红酒。即便平时不沾酒的人,这时也会喝上一两盅,恭敬地给长辈敬酒,又接受着晚辈的祝福酒,一个个都喝得面红耳赤,说起话来舌头一大,嘴巴也豪迈了许多。年可是乡亲们最为爽气的时候啊!一年的辛劳,似乎好坏都要在这天兑现。日子过得富裕的人家,新一年又给了他们更上一层楼的希望,看到家里团团圆圆,就有点儿自豪和骄傲;日子过得不顺心的人家,就巴望着旧一年的晦气都随着这几杯酒下肚,被洗刷得干干净净,从新年里就开始扬眉吐气。"旧的不去,新的不来。"皖河人把年作为他们人生的一个计量单位,把日子做了一个小结,然后就用红纸包些钱塞给孩子,说是给他们压"岁"。

年,就这样洋溢着祝福来到皖河的两岸。皖河两岸的乡亲们也把年过得非常精致、顺畅和通俗。皖河边出过一个叫张恨水的才子,他对皖河的年曾有一番概括和描绘。

  廿四风晴好晚天,家家坟上响千"边";

  灯笼燃烛门前挂,迎接"先人"过小年。

黄豆打成瑞露浆,作来豆腐与"千张";

　　"茶干"咸菜冬菰炒,淡酒三杯口味长。

　　门神对子与花笺,贴了高墙就过年;

　　等待烧香齐下拜,先人接到在堂前。

　　年饭酒阑没事情,堂前赌博闹纷争;

　　吾人只靠桥兜坐,闲话年成说到明。

　　村前正唱采茶歌,百副花灯

未算多；

　　狮子蚌精相对舞,一班刚到一班过。

放鞭、打豆腐、吃茶干(五香豆腐)、贴对子、打麻将、闹花灯……这是皖河人过年的全部内容了。现在皖河虽然随时代有了变化,但这种习俗至今没有改变。

有钱过年,无钱过闲。乡亲们说有钱人家那才叫过年呢!而无钱的人家,过的不过是一时的清闲。这样的事引申过来,皖河人家有的就会在大年三十这天早早地在门上贴上一副对联。这样就表明他家还有欠债,但债主看到对联,也就不好意思在年底讨债,以免双方都落得晦气——自然,皖河人也并不都是这样的。"有钱无钱，回家过年"才是他们对待过年的真正态度。因此，无论在皖河四乡做生意的人，还是远离皖河的游子，在过年的时候，都会千里迢迢地朝家赶，朝年赶。近些年就由于在外打工的人多，过年的时候，在镇上的邮局里就会听到一些乡亲对着电话筒大声地嚷着："你回来！回家来！有钱无钱，回家过年。"这时，长辈们变得格外地宽容和大方。

我也常常听到这种召唤——被年亲切地召唤，陪伴我的祖母和父母双亲在皖河过了好多好多年。甚而，我还为乡亲们写了足足十年的红对联。但自从离开皖河，我对过年的情绪越来越淡，那种劳动也越来越少了，这当然不是最主要的。因为皖河就有专门以写对联为生的乡亲,一到年关的时候,他们就会在街头出售,既方便又经济。我偶或回家过年,随便走走,我就突然发觉皖河人的脚步已变得匆匆。见到我,也仿佛"闰土"见到了"迅哥",有些生分和隔膜。皖河的乡亲几乎连日带夜、连夜带日地玩起了麻将。和妻子、儿子走进皖河的年,我感觉儿子依然可以找到他同龄的伙伴嬉闹,妻子也能找到她的闺中女友。可是我呢?——故乡的麻将桌,四个人端坐得稳稳的,早已没有了我的席位!

"闲话年成说到明。"我这样叹息着,浑身就沁出了一层冷汗。那令人怀念的浓浓的年味哪里去了?

有些雪不一定落在河里

　　昨夜又下了一场小雪,皖河两岸的道路、村庄和屋顶已被白雪静静地覆盖住了。乡亲们没想到雪会下得那么薄,薄得像一层白霜。更没有想到的是河里的水依然深绿深绿的,似乎比平时绿了好几倍——它的身上居然没有雪。由于饥饿和寒冷,冻死了一条黄狗,还死了一只老鸹,它们都僵硬地躺在河堤上。河里一缕缕水汽袅袅荡漾开来,牛棚里的牛冻得哞哞叫唤。

　　冬雪和春雪是有区别的。一场这样的春雪,皖河靠着自身蕴藏的暖气就迅速解决了自己的困境。冬雪就不一样了,它奇寒无比,大片大片的雪花凶猛地蚕食着土地上的一切。雪下得很厚,像是一床棉被,铺天盖地、纷纷扬扬地就将皖河两岸紧紧地捂住了。谁家不结实的草屋被雪压得吱吱直叫,稻场上的草堆将自己扮成了一个雪人……皖河像一个自己掀掉身上被子的人,正探头探脑地看着周围的一切。这时候它也感到寒冷,冰冻将它的行动弄得十分迟缓。但那水依然流着,冰冻下的河水像一群小蝌蚪在不停地游移着,使人感觉出生命的一种搏动。

但雪落在皖河里肯定就看不见了!——有些雪不一定落在河里,它们落到了它们想要落到的地方。

冬天的皖河,总是荒凉和寒冷得让乡亲们无法忍受。所有的庄稼在秋天早已被收拾干净,稻田一片狼藉,光秃秃的树枝、丘陵、平原和一排排村庄,在漫长的冬季像一个少不更事的孩童裸露着羞处。呼啸的北风夹带着灰尘,卷起秋天最后的残存。河水这时候也变得有些懒散——这种气氛似乎也感染了乡亲们,使他们的生活仿佛一下子就陷入了沉闷的境地。老天爷似乎也感觉到自己的疏忽,想努力补偿什么似的,于是用一些虚幻的雪景迅速地遮住了一切,企图让人在冬天里还建立起一些生活的信念——飘飘洒洒的,雪就这样身份可疑地来到了皖河。

雪注定是皖河一个美丽的谎言。

谎言使乡亲们在冬天不断地欺骗着自己,也欺骗着别的生命。他们在大雪封门的日子里,常常独自躲在屋里,依偎着红泥小炉,温一壶热酒,编造一些故事和童话,假装一份若有若无的轻松。大人们在雪地里还用竹箩筐教孩子欺骗麻雀,捕捉它;与孩子们堆一个雪人——假人,或者干脆就用雪的子弹互相投掷着。然而这一切都透着一个"假"字,子弹的谎言很快就被人的身体击碎,但他们都陶醉在自己用谎言制造出来的欢乐之中。"雪是神的粮食!"乡亲们说。

这当然是乡亲们编造的最大的谎言了。

谁也无心戳穿这个谎言。只是皖河的一些老人经历了皖河的一切,却再也无法忍受,无法按捺住自己的心情。他们好像不好意思告诉孩子们关于雪的一切,也不容忍雪花欺骗一切,就独自选择在冰天雪地的日子里离开人世。于是冬天里,皖河辞别人世的老人就特别特别地多,漫天漫地的白白的雪花,转眼就变成了他们身上穿的最大的孝服。在河埂上,冷不丁就出现一支披麻戴孝的送丧队伍,吹着唢呐,敲着锣鼓。喧天的锣鼓声恰好冲淡了冬天的沉寂,白白的孝幡又暗合了白雪覆盖的皖河。那些活着的乡亲慨叹着人生无常,赶紧找了一块平地,将老人深深埋葬在那里,那隆起的土堆很快又被雪花深深地遮盖住了。

雪悄悄地落在上面,似乎就落在这个人的生命里了——这时候,你一定清楚雪落到什么地方去了。

但这不是唯一的。雪落的最大理

由就是落雪。我常常看见乡亲们站在下过雪的田野里,瞅着天空,嘴角流露出一丝赞许和欣赏的微笑。他们说土地太干太燥了,各种害虫就会躲藏在大地下面,雪是庄稼的医生,它是在给大地进行一次消毒。"瑞雪兆丰年。"他们在说这话时,心里依稀就有一种温暖慢慢洇开来。这时候你仿佛看见很多害虫、很多病菌都被雪毫不留情地杀死了。这就是皖河人喜欢雪的原因。在雪花的美丽和纯洁上,乡亲们似乎更喜欢雪花的纯洁——尽管这一点与很多人不一样。

或许最平静的还是皖河。它不需要白雪的装扮,当然也就坚决地拒绝雪花给它的外套。在那个寒冷的冬天里,我跟着母亲拿着一个瓦罐在皖河边收拾了一回雪花。母亲说,要用冰凉的雪水腌上几只咸鸭蛋。这时我才发觉,一冬的白雪全都落进母亲那乌黑油亮的瓦罐里去了。

直抵长江的河

人不能两次踏进同一条河流,而皖河的乡亲却千百次幸福地面对皖河。生在皖河,长在皖河,我不可能对皖河那颗鼓胀的春心、那滚烫而蹦蹦跳跳的生命视而不见。我开始喜欢一泓秋水浅浅地将皖河的黄昏映照得绯红绯红的,也喜欢冬天的河水宛如流淌在白色天堂的样子……我发觉,我的双脚在开始慢慢地踏进这条河流。面对这河,我十分激动,但比我更为激动的是皖河那一根根湿淋淋的竹篙——它激动得满身颤抖着幸福的泪花。河流已被它丈量得热泪盈眶。

这是一条直抵长江的河。

乡亲们会将皖河叫出许多的名字来：潜水、皖水、大沙河……他们已经学会将皖河分得很细很细，能说出皖河从哪儿起源，从哪儿发"脉"，从哪儿改道；能说出皖河的种种变故……他们甚至能将皖河的历史背得滚瓜烂熟。他们说皖河在春秋时被封为"皖国"，汉代时被称为"皖县"，山称"皖山"，水曰"皖水"，安徽的简称就源于此。他们还不止一次地回味这里曾出现的舟楫云集的宏大场面——知道汉武帝从长江折进皖河，登临了天柱山；知道孙权从长江踏入皖河，征服了皖城。他们甚至看到了李白在长江上乘着一叶扁舟在皖河口犹豫了一下,大喊了声"奇峰出奇云,秀木含秀气",对天柱山留下匆匆一瞥就走了……我从乡亲们嘴里知道了皖河的许多,开始和他们一样陶醉于皖河的一切了。但是那些年,许多事情已经显示出了征兆,我还是离开了皖河——我的离开,不是为了"背叛",也不是去读万卷书、行万里路,我是想找一个距离更好的地方审视皖河。我做到了,同时我发觉世上还有更多的河流、更大的事情等待着我。

在离开皖河的日子里,我曾发狠地查过一些字典。在《康熙字典·目部》上我看到了"皖"字的解释:"皖"与"睆"字相通。"睆"字最早见于《诗经·小雅·大东》："睆彼牵牛。"《毛传》："睆,明星貌。"唐陆德明《经典释文》中的"皖"就是"睆,明貌"。现代学者为此也作过详尽的注释,例如冯沅君的《中国历代诗歌选》中就说："睆,音 huǎn,形容星光明亮。"余冠英在《诗经选》中注："睆,音 wǎn。"《字汇·目部》："睆,美好貌。"……由此看《诗经》上的那首诗,译成白话文就是"牵牛星儿闪亮"了。在这样的解说中,我知道了"睆"有着明亮、闪亮、美好的意思——既然"皖"蓄含了明亮、闪光又美好,那么,皖河就是一条明亮而闪光的河了。

对于喜欢河流的人来说,只要踏进一回这样的河流就够了。

"在娘家青枝绿叶,到婆家面黄肌

瘦,不提起倒也罢了,一提起泪眼汪汪。"这是乡亲们给撑在皖河里的"竹篙"编的一个谜语——编竹筏是皖河男人们最拿手的活计,那竹筏一律是山上的斑竹做的。他们把那圆圆粗粗的斑竹捆在一起,打进两根坚实的榫子,然后火烤火燎一番,又用黑黑的桐油漆得油光亮亮的,就将这巨大的竹筏推进皖河——他们站在竹筏上,挥舞着湿淋淋的竹篙,长年累月地行走在皖河上,将皖河的货物运到外地,又将外地的货物运进皖河。他们一个个都像是船长,总喜欢站在筏头迎风而立。筏声欸乃,他们的身边也总有几只扎个猛子就不见了的鸬鹚……那时,阳光和水亲吻着竹筏,河水撕咬着他们那宽厚的脚板,他们脸上的颜色变得异常地丰富多彩。只是到那一天,他们发觉皖河已变得越来越清瘦和苗条,身上裸露出大片大片的白沙时,他们才吃惊得说不出话来。

于是,他们就经常选择一天或者半天,带领乡亲们到河里挑沙或者栽树,清理皖河。他们常发出豪言壮语,说他们不会让皖河里的鱼虾绝迹,不会让人在皖河的树上找不到可爱的小鸟……他们要不断给皖河穿上美丽的衣衫,让皖河走得更为清澈、更为宽阔和雄浑!所有河流的归宿都是大江,但他们说,面前的那条大江是长江,这就不是世上所有河流都拥有的了!尽管皖河那皇船逶迤、龙旗猎猎的恢宏场面不再,尽管李白的歌声已经远去,尽管从皖河走出去的程长庚、陈独秀、严凤英等都没有归来,但他们永远喜爱这河。在他们的眼里,那长江是一位仁慈的祖母,皖河就是长江的一个纯情的小女儿了。总不能让衣衫褴褛的小姑娘去拜见她的老祖母,让皖河在见到大江之前就发出生命的喘息吧?——乡亲们说,皖河是源,长江是流,这条直抵长江的河流,是江河最为动人和完美的诠释……

我因此也十分清楚,皖河从某种生命意义上说,已经或正在被无数纷扰的俗事所忽视,我的那一根根被皖河透明河水浸淋着的手指,当然也不可能把皖河所有真正意义上的倾诉揽进人们心灵的深处。对于皖河,皖河就是皖河,它静静的流动虽然断然地隔离了所有的心跳,但在所有的眼眸之外,皖河永远只不过是一个名词。它是一条朴素的河,它的事情也只是一些朴素的事情。

皖河不干涸,长江就不会断流。

太阳不沉落,皖河的筏声就不会消逝……

常常,在皖河的黄昏,我总看到一群群可爱的小姑娘仿佛正从《诗经》里走出来,三三两两地来到皖河,她们提悬一只只陶罐,她们的肩膀上站立着一只只水鸟,她们汲水,她们劳动,她们歌唱——她们幸福地提起了皖河。

在乡下怀想四季

春天的速度

　　昨夜下了一场小雨,难怪夜里耳畔总沙沙的。觉得有人说话。早晨起来一看,远远近近的土地都绽出了一片莹莹的新绿,门口的桃树也打起了花蕾,爽目得很。我跑到外面贪婪地呼吸了一口空气,忽然就想起朱自清关于春姑娘的说法。这群可爱的小姑娘,驾着自然的辇车,雀跃着来到了我们中间。

春天的到来就是这样出乎我们的意料。门前的一棵枯树,前天还疑心它能否成活,今天就盈注出生机来;昨天塘里的一泓死水,早上却盎然漾起了涟漪……相比较其他的季节,春天的速度真是很快。是那"忽如一夜'东'风来,千树万树梨花开"的节拍,是那"春风又绿江南岸"的欣喜,是明日黄花、今日出阁的嫁娘。苏东坡说,"春江水暖鸭先知",其实先知的岂止是鸭,真正体会到春天的速度的应该是风,是花,是草,是人的心情……

春天的风似乎抽出了那冰冷的骨刺,变得柔和、流畅起来,轻轻地梳理,就飘逸起千万缕秀发,暄软得像一团云絮,既没有夏季风那样燥热,也没有冬天呼啸着的北风那样坚硬。有一种措手不及,但叫人感觉如一只懒散的小猫伸出的小爪,挠得人痒痒的。那速度均匀而敏捷。体现在花花草草上,春天的速度又更加异常,像是一位急不可待的"催生婆",省却了"十月怀胎"的过程,在一夜之间就分娩出鲜活的生命。枯草衰叶,一下子就有了水灵灵的生意,有了绿,有了芽,有了蓓蕾,很快就有了肆意疯长的绿叶,有了鲜花的怒放,有了一日比一日蓬勃的生命气象。由于速度快,也让人体会不出它们的腼腆、局促。相反,越发变得局促起来的却是我们自己。

鸟也是那时候陡然出现在我们视野里的。一整个冬天,除了几只饥饿的麻雀和令人讨厌的乌鸦外,很少见到鸟。但这时候,所有的鸟突然间都冒了出来。它们的心情莫名其妙地愉快,踌躇满志,一个个迈着轻快的步伐,沉湎在春风里。那时而几只、几十只地蹦跳在树枝上的,错落起来,就像画出了一条五线谱,演奏起春天的大合唱。喜悦之情溢于言表。几只小鸟站在屋顶上,叽叽喳喳的,说话的速度也变得很快。

春水泛滥,这是春天的另一种更快的速度。它积蓄在一口池塘里,不知怎么就贮存了那么大的力量,几天就将池塘里的水涨得满满的,春心迷荡。它明净而飞快地奔泻在溪流里，急溜溜的，像是要赶赴一场春天的宴会。如果它奔流在大江里，那速度就快得有些凶猛的意味了，后来连它自己也控制不住。它奔腾，它咆哮，它一泻千里、势不可当。最后它自己也被这种速度吓坏了，于是哭天喊地，泛滥成灾——江河里的水是唯一的经常缺乏节制的东西。

对于春天，人们一般都沉迷在一片美丽妖娆的景象之中，习惯上看到的是小麦的生长，却无心关注它拔节的速度；看到繁花满地，春风荡漾，收获的也是一大把喜悦的心情，最多也只是"感时花溅泪，恨别鸟惊心"的移情转意——生活向人展示的往往都是这种假象，春天真实的速度反而被掩盖住了。因此在春天，人们的生活一开始就运行在错误的轨道上。春天看上去很美丽、很圆满，但那凶猛的水却一下子就冲垮了我们建立在错误基础上的大堤。这就是我们不愿却不得不经常看到的事实。

雪莱说：冬天到了，春天还会远吗？许多人对此充满了信念。其实撇开理性，雪莱仅仅是叫我们提防——春天的速度。

敞开的夏天

树木婆娑，花草葳蕤。它们似乎觉得有足够的理由在这个日子猛长，有没有秩序不要紧。都像一只只拱出了地面的怪兽，伸着绿色的角，拖着黏黏的涎液,相互交媾着、攀缘着……就是以前有些腼腆的植物,这时候也不客气了,吐着那绿色的舌头,狼吞虎咽地饕餮着空气里的一切。葡萄、丝瓜之类的像是小偷爬上了人家的墙头,在流火的风里张牙舞爪地摇摆浓绿。

夏天大门上那把沉甸甸的大锁,在春天的淫雨里已变得锈迹斑斑了。夏天金色的阳光如一把万能的钥匙,它咔嚓一下就把夏天的大门唐突地打开了。打开的大门,面前肯定有一口池塘。南方的村庄都是这样,一个村庄不是被几口池塘环绕,就是面前有一口大大的池塘。

"你想找死呀,塘里也没有捂盖子!"孩子们总喜欢跑到水里嬉戏。但在春天和冬天里,大人们就不会这样大胆地骂贪玩的孩子。春天池塘里的水清绿得叫人怜爱,而冬天的水又特别寒冷,说不定就是寒冰给池塘盖上了盖子。但夏天的水就没有那么讲究了,于是大人们就喜欢这样骂孩子们。其实,那些孩子不用大人骂,他们早就像青蛙一样噗噗跳进水里去了。他们本来就只穿了一件裤衩,而夏天的池塘绝对是敞开着的。池塘原本就是赤裸裸的,再加上几条赤裸裸的身子也无伤大雅。孩子们光溜着身子敞开在夏天的怀抱里,无遮无掩,自由自在,快乐得就像是一尾尾鱼。

夏天的水就这么敞开着大门,也就不拒绝死亡。传说中有一位伟人,要把家里的田和地分给穷人,结果被父亲追打,他就跑到池塘敞开的水边,吓唬他的父亲,当然他没有跳下去——如果那样就没有伟人了。敞开大门的水倒是经常有人,特别是不小心的孩子容易掉进去,消失在那扇门里,永远不再回来。但这是夏天偶尔的失误和疏忽,敞开的门总是有欲望的,而欲望本身就充满着危险。

在敞开着的夏天,风是小偷,雨是大盗。谁也无法预料风在什么时候来,在提防它的时候,它偏偏不知躲藏到哪里去了,让人心神不定、烦躁不安。特别是在乡村稻穗扬花的时候,那时候即便"风流"——风流的词语据说就是这么诞生的,农民们还是希望风来"怜香惜玉""偷香窃玉"一回——稻田里的庄稼可要受孕结籽啊!但讨厌的风在这时候就一点儿也不显风流了。终于,风还是偷偷摸摸地来了,人们觉察到了一丝清凉,对它在田野里的行为便充满了熟视无睹的欣慰。而对于夏雨,农民都喊它"江洋大盗"了。在夏天,它要么就是不来,让大地旱得龟裂,但它要是来了,则像狂飙一般,旁若无人地破门而来,冲毁了庄稼、大堤、道路……与洪水们沆瀣一气,蹂躏一切,把夏天所有美好的东西风卷残云般地席卷一空。所以不仅在乡村,就是在城市,人们对大盗般的暴雨也是深怀恐惧和不安的。所有的夏天,人们都在做着一种努力,试图将这个"大盗"改造得好一些。但它贼心不死,屡教不改,它是夏天最大的敌人。

夏天的虫子总是敞开歌喉,从白

昼唱到夜晚,从夜晚唱到白昼。蟋蟀唧唧,青蛙咕咕……萤火虫帮着夏天使劲地提着一盏盏灯到处游荡,与天上的月亮、星星相互交映,把夏天照得也就没有夜晚了。夏天这回是彻底地敞开了胸怀。

  在敞开的夏天,人总是松松垮垮的,浑身一丝不挂地从床上爬起来,松松垮垮地去冲个凉水澡,随便套上一件衣服就可以出去干活或者上班。敞开的夏天总这样敞开大门,就使人看到许多人胸口都贴有胸毛。"贴胸毛的家伙!"有人在夏天的背后指桑骂槐,不怀好意。这就是他们犯了偷窥病的缘故——使人想到在夏天,在人们的心灵落上一把锁是很有必要的。

秋　水

在乡间,人对自然的感觉分外敏锐——那时候,在疲惫的田间劳动之后,有时,我也像其他的乡亲一样到水里冲洗一番。直到有一天站在水中央,忽然发觉身边的水变得异样地稠密、温凉,掬在手心的一捧水在指缝间透明着四散流溢,手指有种滑腻的感觉。湿淋淋地从水里爬起来,禁不住打了个冷噤,这时,我才感觉真的是立秋了。

秋水四合。像蚌为了涵养珍珠,慢慢闭封起了它那张开的智慧的壳。大地进入了一个休整期。

无法涉入秋水。只可观看——当

时我想,几千年前那不事稼穑的庄子和惠子,应该也是在这时立于濠梁之上观看秋水的。那时,大地被收拾得一片干净,空气澄明,纤尘不飞。他二人尽管一个刚死了老婆,一个刚失掉了相位,但恰如秋水剔除了曾经的繁华和喧哗,转入这生命的休整期一样,他们的心境就像秋水般祥和,十分清亮。于是一个说:"你总害怕相位让我取而代之,因此将大梁城瞎折腾了一番,现在尝到失意的滋味了吧?"另一个嘴巴也不饶人,说:"你老婆死了,你却鼓盆而歌,自以为惊世骇俗,就不怕留下那千古骂名?"面对秋水,俩人已不再尖锐对立了,只哈哈一笑,目光就一齐投向了水中的鱼:子非鱼,安知鱼之乐?

秋水无言。两位哲人那袒露的襟怀就如同一道更为清澈明净的秋水。生命的彻悟有时竟就是秋水所滋生的。

立秋前后的水真的迥然不同。刚刚过去的夏天因为阳光的渗透,水过于炙热和喧闹,做足了表面的文章。而曾经汹涌四至的春水,又是水性杨花,春心泛滥,似乎肩负着过重的责任,努力地孕育着生命,无疑它也就拥有生命成长的冲动和朝气了。滞后的冬天,山瘦水寒,形容枯瘦,在不断地冻结和流失。只有秋天的水表里如一,至为单纯,既无孕育生命的痕迹,又没有冬天的刺骨寒冷。它平静地流涌,只需保证自然生命必备的涵养。它横淌在生命的存在与死亡之间。

秋水茫茫。在秋阳的照耀下，一泓秋水泛出的层层涟漪，也会轻轻叩击着岸边的岩石和青草。但那样子就似刚刚生产过的产妇对男人的亲吻，然后就美丽地躺着，呈现出一种绚丽归于平淡的境界。空中一群又一群的大雁南飞，漠漠青田，最后一行白鹭也钻入了云霄。水面上的浮萍、红莲、水草由绿色渐渐变成红褐色。一片荷花谢了的池塘，荷叶饱胀得像穿着绿裙子的少妇，体态丰腴，凸现出膨胀的生命被释放过后的轻松，使人在看到生命回光返照的同时，领略到"望穿秋水"的真正含义。

在秋水浩渺的季节，庄稼人有着短暂的消闲时期。但紧接着秋收到来，他们随即就在田里做一年最后一次征战。秋天的肃杀之气也一天天出现在水里,这时候人们似乎才感觉到,在秋水美丽的表面下,生命的挣扎、抵抗和搏斗一时一刻也没有停止过。水里的所有生命都参与了这场不愠不火而又异常严肃的斗争……生存与扼杀、温暖与寒冷、成长与抑制、正义与邪恶,自然以它本身的法则做着生命痛苦的抉择。因此,伴着秋风落叶的盈耳声声,秋水渺渺,我们已经无法下水,亲身体会鱼的快乐与不快乐了。

有了这些,我就陡然明白了庄稼人为什么对节气总充满了敬畏,也理解了他们为什么紧赶慢赶,要将所有的农作物赶在立秋之前拾掇完毕。同是姓"庄",庄稼人对立秋这个节气有着比老庄更为接近本质的透悟。

子在川上曰:"逝者如斯夫。"人们习惯上以为这是孔老夫子在哀叹滔滔而逝的东流水,其实不是,他哀伤的正是这貌似静谧、澄澈的秋水,只有在这里,他才感受到生命真正消亡的过程。但与许多人一样,我自那个立秋的日子误入秋水,像一尾快乐的鱼爬到岸上之后,就很少有机会再涉入那同样的秋水中去了。现在,所谓城市的喧闹声和风沙悄然地磨钝了我的嗅觉和触觉,就连"望穿秋水"也成为一件十分奢侈的事了。

远上寒山

乡下人上山是不分什么季节的。春天上山也不一定是摘那几朵清香的花。对于地道的乡下人来说,上山多半是为了打柴火。因此,上山最好的季节是秋天,秋风落叶,满山青翠转眼就是一片枯黄。松针铺地,衰草枯叶,用竹笆子随便扒扒就能堆起一座小山似的柴垛,足够一个冬天烧锅和取暖了。在秋冬打柴火,在乡亲们心里还存着一份善良,那就是这时扒柴不伤草木的筋骨。都说:人非草木,孰能无情?其实,草木的爱情是容得下千万座大山的。

有些农民像现在城里身穿黄马甲的清洁工一样,即便把万里秋山细耙密梳了一遍,心里还惦记着——那仿佛就不是为了柴火。冬天到了,正是乡下所谓的冬闲季节,尽管他们上山也顺便拾掇那些枯枝败叶回家,但更多的是一种心情,一种收拾山的心情。

北风凛冽,山寒水瘦。我这时也喜欢上山逛逛走走。北风吹得清涕飘零,想溜的欲望非常强烈,我轻轻一吸就让它回去了。山上总看到一些拾山的人。面前就走过一位穿着厚厚棉袄的老人,腰里系着一根绳子,手拢在怀里.见到一棵冻死的枯树,他眼睛一亮,鸟张翅一般张开双手,就用那积蓄了一冬的力量去摇,去拔。他忙得一头大汗,终于把那枯树给拔了出来,然后将树枝噼里啪啦折断,解开腰上的绳子,熨熨帖帖扎成一小捆,甩在肩上屁颠屁颠地走了。

　　踏遍青山人未老,
　　　拾得寒枝聊煮饥。

我心里突然就冒出这两句话来,随即莫名其妙地打了个寒噤。前面一句显然是套用一个伟人的,而后面的就是我自己的"杰作"了,有点儿意思吧?但我不是杜甫,也不必"茅屋为秋风所破歌"。望着那拾山的老人一甩一晃地背着那捆柴远去,我立即就将他给忘了。

走在清冷冷的寒山石径上,呀——呀呀,听到一声声乌鸦叫。有些凄惶,这就是我打了个寒噤的原因。面前,树丫上蹲着一只黑黑的乌鸦,乌鸦的脚下有一个细草缠缠绕绕网住的鸟窝。看见有人来,黑黑的乌鸦就跳进了窝里,露出一点黑黑的头来。但不知为什么,它又猛地一蹿,拍着翅膀,嘶叫了声飞了出去。只剩下那棵枯树,树下面还有一丛树,树枝稀稀拉拉的。旁边有一口浅水潭,潭里一根枯黄的荷梗孤独地竖着——颓废得就做马致远的枯藤老树昏鸦状了。我赶紧绕开那里。

禅心已作沾泥絮,
不逐春风上下狂。

忽然就想起一首僧人的禅诗来。这样,面前一片寒山立即就透出一丝禅意来。山中清溪细如棉线,不久前岩石上那如蝌蚪样漫灌的泉水像不知被谁卷了回去,只留下那白白无字的一面。眺望山岭,曾有过的遮天蔽日的高大乔木也光秃着树干。山色由泼黛变成了苍黄,一棵树上伶仃着的一片树叶,像是一则经不起推敲的"征婚启事",叫人无法心存幻想。路旁,有一口浅潭,像是被谁揉皱的一团宣纸。风一吹来,就呼啦啦地抖动一下,叫人懒得看。

"远上寒山石径斜。"这样看山,就如一幅淡淡的写意画了。

毫无来由地想起寒山、拾得老人,这当然是一种联想。但说寒山、拾得是老人,分明又是佛,是禅,是大自在。古人所谓参透了禅,称自己看到的"禅境"是"圆陀陀的,赤裸裸的,光灼灼的,沉寂寂的"。真是奇怪,一想起这话,我就像看到了一个清亮亮的晃动着的和尚头。不是刚剃新刮的那种,而是很有道行的样子。像济公又像是寒山,起码是位老和尚吧?

> 时人见寒山,各谓是风颠。
> 貌不起人目,身唯布裘缠。
> 我语他不会,他语我不言。
> 为报往来者,可来向寒山。

这是寒山的诗。我漫步在寒山上,谁说我不是来"向寒山"的?寒山不就是面前这片山?不就是刚刚飞走的那只乌鸦或简直就是那位拾山的老人?总之,寒山是"或时叫噪,望空谩骂,寺僧以杖逼逐,翻身拊掌大笑而去"了,谁看清了寒山的模样?

有许多禅宗公案与寒山拾得有关。这里随便录下一则:一日(拾得)扫地,寺主问:"汝名拾得,因丰干拾得汝归。汝毕竟姓个什么？在何住处？"拾得放下扫帚，叉手而立。寺主罔测。寒山捶胸曰："苍天苍天！"拾得欲问："汝做什么？"曰："岂不见道东家人死，西家助哀。"说完，二人作舞，哭笑而出。

据说这里面就有禅在。但实际上世间许多人问禅，求的是"为我所用"。不独禅，老子、庄子等等，世间不都是取我所用，非我弃用？并美其名曰：汲其精华，剔去糟粕。就是寒山拾得留下的公案，哪里有他们那一句"打我、骂我、唾我、羞我……我且不还手，看他如何"（大意）来得更为实在？每个人大大小小都会有人生的委屈，万般无奈，情急之中，还是寒山拾得这句话好——起码不要说做了阿 Q 的亲戚，而是可以称作佛的弟子的。

禅是什么？寒山拾得曾说："吾心似秋月，碧潭清皎洁。无物堪比伦，教我如何说？"如何说呢？

那只乌鸦还是没有飞回来。

因了寒山拾得，还想说禅——

是禅宗五祖六祖的故事。僧人神秀写诗在墙上："身是菩提树，心如明镜台。时时勤拂拭，勿使惹尘埃。"正在扫地的慧能看到了，也偷偷地在墙上涂抹了一首："菩提本无树，明镜亦非台。本来无一物，何处惹尘埃？"他反其意而用之。但因了这偈子，他却被选作了禅宗六祖，接钵披裟了。真有点儿小题大做。我想神秀才是真正的禅语顿悟，那慧能只不过是受了神秀的启示罢了。由启示而悟这只能算作是联想——由甲想到了乙是也。比如我,由拾得寒山却想到了寒山拾得,想到禅——在这满目萧瑟的寒山之上,我想我可以心无挂碍地说出这话,可谓借寒山浇心中块垒。

我顿觉身心轻松多了。这时抬头望满目寒山,依然杂草枯枝、林木憔悴。附近一个村子外面已空无一人。一座柴门小院黑瓦土墙的屋顶上却冒出了一缕炊烟,有点儿生机。但那炊烟在屋顶上张牙舞爪地扑腾了一下,像是舞蹈,又像一只小白猫,纵身一跃就不见了。院子竹扎的篱笆墙角下,蹲伏着一只精瘦的小黄狗,见到人也不敢大声叫,喉管里只像泥鳅一样哼哼唧唧了一阵。不远处有一头水牛静卧在牛棚里——它倒是悠闲,抬头咀嚼头顶上的枯草,反刍的声音脆而长。乡下人故意将草放在牛的头顶上,让它咬,据说是怕牛在冬天懒了力气。这真是个好办法。我看了看牛,又亲昵地拍拍小黄狗的头,就走进屋里了。

"你看这柴火,够烧一天的锅了!"父亲指了指锅灶边的那捆柴火,大声地对我说。

我哑然。

天柱山冬云

在天柱山峰顶,原是要观日出的。然而,经过长时间的等待,那轮想象中通红的太阳,却像是一位失约的情人,迟迟未来——冷而硬的山风刮得人浑身凉飕飕的,我们的心仿佛比风更冷。当许多人失望地转下山时,我与朋友索性就赖在一块岩石上,静静地看着日出的地方。记得哲人说过,有一种错误是美丽的。隐隐地,我们也预感到这一次观日的不同寻常。

　　这是一个冬天的早晨。准确地说,为了抢占这块观日的岩石,我们几乎半夜就起了床。开始,大家充满期盼地等待着,仿佛吃了兴奋剂,并没感觉出身上的寒意。但很快又都失望了——远处,那本该日出的地方尽管也现出了一丝光亮,但日头如同一只被敲碎的鸡蛋,蛋黄已无声地滑落到无涯的云海里,只剩下那滑腻的白了。天空低沉,大片的云彩斑驳着,如同一位画家正用心勾勒出的底色。天际之下,尘世的一切都被云海消弭。再近处,云海里青峰数点,恍惚孤帆远影,恍惚沉浮不定的岛屿,若隐若现着。

面前的松树上朵朵霜花,已凝聚成球状。我们从半夜就陪伴着它们,谁也未曾留意这些"花朵"的开放。一阵山风从耳边迅疾地掠过,那白色的花朵微微地颤抖了几下,溅下些许的花瓣,然后又耸然地挺立,显得格外凝重与肃穆,似乎有种"白云回望合,青霭入看无"的意境。

记忆里也有过冬天观云的经历,那是在福建连城的石门湖。那里的冬天暖洋洋的,像是四月的小阳春。我们撑着一叶扁舟静静划在绿幽幽的湖面上,总也扯不断的乳白色的水汽在四围蒸腾、缭绕着,那样子似乎是在温泉里浑心无碍地沐浴。抬头望天,低首观湖,竟都是蓝天云彩,一朵朵白云锃亮地变幻和飘荡。苍狗浮云,犹如人与狗在湖面上嬉戏、追逐。手掬一捧清水,如同拧起小狗的耳朵;篙撑湖心,又像是打捞着一方仙人失落的纱巾……只是那狗在跑,纱巾在飞,一切都如雾里看灯,镜里观花。那种倚云难抓的妙趣却搅得心头痒痒的——虽然也曾有过生命流逝的惘然,可一份活泼泼的欣喜却留在心头了。

相比较而言,与天柱山冬云的邂逅,我的心境就显得苍凉、凝重了些。摩诘说:"行到水穷处,坐看云起时。"看着面前的情状,倒是觉得只需将那"水"改成"日"字,凑巧,就暗合了眼前的这一切。只是这浮起的大块的云,在灰蒙蒙的天空中的黯淡,就让我们不知不觉,心里陡然染上了一种颓废和沉重,以至体会到的竟是"不觉碧山暮,秋云暗几重"的意味了——无端地,我想起青莲的《听蜀僧濬弹琴》里的诗句,立即,心里很疑心他是错把"冬云"当"秋云"了。当然,青莲居士不仅听过蜀僧弹琴,还吟过天柱山。这有他的诗句为证:"奇峰出奇云,秀木含秀气……待吾还丹成,投迹归此地。"说的就是天柱山。他一辈子终没归来,就只当他是"丹"未还成吧!现在我们坐看云起,看着看着,心里倏地一亮,就有着"柳暗花明又一村"的欣然了:这冬云,虽然没有日出的磅礴和蔚为大观,但它在山峰间轻盈缥缈,它与山峰的亲吻,透出的竟是缠绵的爱意;它在树丛里走动,忽而又不见,就如衣袂飘飘的仙人。纵然它那猛然间云翻波涌,诡谲无常,我觉察到它透出的也还是生命的本相——在山风呼啸、云海滚涌的一刹那,我就有一种驾驶一叶扁舟行驶在江心的感觉:人生种种原就是自然种种,难怪连圣人也惊呼"富贵于我如浮云"!

"浮云游子意,落日故人情。"我想,面对永远的落日和浮云,古人的浮想联翩也许是对的。只不过,这日、这云并不是那"游子"和"故人"的情意所能说得清的。山重或水复,"日"穷即云起。细究起来,生命的真谛原早在这一"日"一"云"间就安歇好了的。

桃花红,梨花白

故乡县城令人难以忘怀的还有天宁寨。说是寨,其实是一个土堆,在县城的南边突然隆起的一个巨大的土堆。土堆上有草,有树,有几十幢房屋。低矮破败的是一些民房,像模像样的房屋是县委机关之所在——我之所以多年后对那里还念念不忘,是因为那里有一片桃树和梨树林。在桃树和梨树林所在的山下,还有一片湖田。春天,天宁寨上桃花红,梨花白;一到夏天,太阳暖暖地照着,寨脚下的湖田里荷叶翩翩,莲红藕白……天宁寨由此成了县城人不可多得的去处,也成为我青春岁月里印象最为美好的地方之一。

我相信我是在一个春天误打误撞进天宁寨的。乡村当然有不少桃树、梨树,偶尔遇见,心头就会生出暖意,而眼前的一片桃花与梨花的怒放,就让人心头有莺歌燕舞、云蒸霞蔚的感觉。桃花、梨花,一株两株次第开放。桃花开时,先是星星点点的猩红,然后是一朵两朵的水红,水红的花蕊黄金般舒展,远远望去猩红一片;而梨花呢,千朵万朵如雪似絮。花红柳绿的日子,阳光暖暖的,色彩斑斓的蝴蝶和嗡嗡的蜜蜂有声有色地散落其间。看那蝴蝶,再看那蜜蜂,我忽然想到,上苍怎么把这么多美好的东西集中在一起呢?桃花红,梨花白,天宁寨上的花事是要持续一段时间的。几场风雨过后,桃花、梨花落尽,我不知道那些花的果实哪里去了。但到了夏天,我必定走进有藕有莲有荷叶的湖边,湖叫雪湖,也是一个很美的名字。那时候,荷叶绿绿的,像一个个巨大的手掌,偶尔有农人过来摘莲采藕,藕被拿出了水面,白胖胖的,折断了有九孔十三丝,丝丝相连。当地人说,这在明朝可是皇帝老爷吃的贡品呢!

　　天宁寨的故事当然还不止这些。

史料记载,寨上原有天宁寺。明末史可法在此建天宁营,后来逐渐发展为天宁寨。但农民起义军张献忠攻克这里,焚毁了寨子。嗣后,史可法改筑城垣,再度驻守。两人在这里交锋征战多年。更有传说,天宁寨是曹操的战将张辽命士兵一天一夜堆成的。说是那一回,曹操率八十三万大军从中原直逼江北,攻打东吴,想取东吴而灭蜀。先行官张辽领十万人马驻扎在此,命部下修筑点将台,于是筑起土寨。曹操登上天宁寨,检阅将士,心中甚喜,大奖张辽。如此休整半月,浩浩荡荡直赴长江……故事说得有声有色。然而,多年前文物考古工作者们在这里发掘,却出土了几十件陶器、石器、玉器等文物,文物的堆积证明这里分属新石器早期和晚期两个文化层。可见,天宁寨很早就有人类居住,三国时的张辽在这里筑台建寨只是人们一个浪漫的想象。

还有一个"舒台夜月"的传说。宋皇祐三年(1051),王安石被任命为舒州通判。他在赴任途中,乘船在夜幕中行驶,忽有一位貌若天仙的女子,双手捧着一颗宝珠踏浪而来,对他说:"闻君勤奋好学,特献上一颗夜明珠伴君夜读。"说罢就消失了。王安石抵达舒州后,便伴随那一颗夜明珠夜夜苦读。传说不知真假,史料上说王安石当舒州通判时,勤奋好学,勤政爱民,"以少施其所学"。政务之余,他在天宁寨筑台夜读,屋里的明灯就像皎洁的月亮一样。于是人们把这一景观称作"舒台夜月",把他读书的地方称为"舒王台"。后人写诗道:"荆公读书处,夜月生辉光。台高月皎洁,清影照回廊。至今留胜迹,千古有余香。"明嘉靖年间,天宁寨上建了一个皖山书院,当时学子云集,文风昌盛,书香漫溢的天宁寨从此就有了一种文化气息。

传说与神话夹杂在一起,曾经充斥了我糟糕的青春岁月,让我浑然不知。同时,传说与神话又和历史交织在一起,就像一座巨大的迷宫,让一些像我这样偶有遐想的人有了寻找的理由和奔突的出口。只是,那时我还无法接受这些,我只是相信眼前的事物。眼前桃红、荷绿、梨花白……自那一个春天误闯进那个桃红、荷绿、梨花白的世界后,我开始朦朦胧胧地知道,这个世界上远比现实社会美丽的是大自然,是自然界的这些植物的繁华和绚烂。我在故乡的县城一待就是十几年,十几年里,县城里有人,有故事,有事物的日新月异,但从不让我走心。唯有天宁寨的花团锦簇,长久地刻印在我心里,成为故乡留在我心里的一个温润和柔软的部分。

一九九九年的"双抢"(节选)

父亲、弟弟和我

一九九九年,父亲得了一场脑溢血,是第一次。

据说,父亲是为选稻种子生气患病的——其实,父亲晚年心情一直不好。他是一位铁匠,在能劳作的时候缺煤,他经常求爷爷告奶奶,还弄不到。后来这种繁重的体力活年轻人不愿意学了,赤手空"锤"的,他一个人又撑不起一盘炉,再加上人事的钩心斗角、亲情的冷漠、我们兄妹的没出息,父亲郁结于心的怨气就更大——当然,这只是猜测,但这种猜测也并非空穴来风。我要说的是,父亲由于得了脑溢血,最终彻底地告别了铁匠铺。不能打铁,他就只能成天无所事事地待在家里。对于在炉火前劳作了一生的父亲来说,这该是怎样的一种煎熬和隐忍!

由于是铁匠,父亲一生拥有"两把锤":一把是为一家生计而挥舞的铁锤,那把锤在一九九九年之前的老家,在方圆几里的乡镇都赫赫有名,他打的铁器经久耐用,漂亮无比;一把是用来管教我们兄妹的"皮锤"。然而,在我们兄妹的记忆里,他顶多只是捋起袖子来吓唬吓唬我们,并没有一次真正地将"皮锤"落到我们身上。我小时候为了几毛钱,倒是把他正挥打的铁锤拖出过他的铁匠铺,等他满足我的要求后,才让他自己把铁锤拎回去。他也并没有将"皮锤"伸向我。

所谓铁匠家里无"家伙"。这"家伙"指的就是日常用的铁器农具。印象里我家的铁器也不多。这不完全是因为父亲没有置办,而更多的是被邻居们异口同声地说"好用",然后"借"走了。然而父亲从不在乎。记得每年的"双抢",都是父亲生意最为火爆和忙碌的时候,乡亲们在禾稻生长的过程中掐算出"开镰"收割的时间,便会把镰刀送进父亲的铁匠铺。父亲白天锉不完这些刀,就把镰刀成捆成捆地挑回家,晚上牵一盏灯在门前的空地上,他弓腰佝背地坐在凳子上,一把一把地锉。母亲在一旁默默地燃起枫树球,熏着蚊子,偶尔还给父亲摇摇扇子。常常是我们兄妹都睡了,父亲抑扬顿挫的锉刀声却在半夜把我们惊醒。听那锉刀的声音,幼小的我们有一种踏实和安全感,都会在那富有韵律而悦耳的声音里沉沉睡去……天已大亮,父亲挑着锉好的镰刀回铁匠铺给刀上皮硝、淬火……然后抽空回家照看自家的几亩田。

然而,一九九九年家里只剩下弟

弟这一把"镰刀"了！弟弟拿起父亲锻打的镰刀，用手抚摸着我们熟悉的那镰刀的弧度、刀刃和手感，先是感觉到一种厚重和亲切，但很快他就感到一种恐惧。漫无边际的稻田，微风吹过，掀起一层层金黄的波浪，一片黄色的海洋很快淹没了瘦弱、个头不高的弟弟。弟弟一手握刀，一手拽着稻把刺啦刺啦地割起来。天空瓦蓝，阳光四射，随着镰刀与稻禾发出的有节奏的声音，弟弟身后的稻铺一堆一堆向后铺叠，前面的稻浪一层一层地退去。用着父亲的镰刀，弟弟说他有一种奇怪的感觉。他感觉自己就像一位钢琴家，快乐地按着大地的键盘，浑身有着使不完的劲和痛快淋漓之感，但很快，他就腰酸背疼，感觉天旋地转……

阳光直射在稻田里,田里的水像着了火一般,热浪直扑,令人喘不过气来。弟弟站起身子,就看见踽踽在屋角大枫树下张望的父亲。父亲拄着拐杖,面朝田畈,显然是在望弟弟。弟弟看见父亲,立即就明白了父亲的意思:"我不能帮你,你可要提防日头,莫中暑啊!都大晌午了,该吃午饭了!"弟弟仿佛听懂了父亲的话,眼睛一阵潮湿。他拿着镰刀从田里走出,一步一步地走到父亲面前。也就十几分钟的路吧,弟弟看见父亲慈爱而又有些呆滞的目光使劲地盯在他身上。然后父亲退避一旁,让弟弟走在前面,他在后面一瘸一拐地走着,仿佛达成了某种默契。被稻子磨得锃亮的镰刀,刀刃在阳光下闪烁着耀眼的光芒,弟弟突然发觉父亲死死地盯着他手中的镰刀,心里一酸。

"死热!死热!"老屋前后树上的蝉拼命地叫唤,父亲和弟弟一前一后地走进屋,一股灼热的烈日的气息随他们涌了进去。弟弟拉开电扇就躺在了凉床上。过了一会儿,他听见父亲和母亲断断续续的对话声:"伢累了!"母亲答非所问道:"有点儿热,你今天可好点儿?"

母亲像一扇磨盘

月亮透过窗户射到老屋。公鸡才啼叫第一遍,母亲就起了床。她走到门边,拉开大门,大门的门框发出了陈旧的吱呀声,随着这一声吱呀,总会有两块细碎的土从门框边脱落下来。但新鲜、清爽的夏天早晨的空气,还是让母亲单薄、细瘦的身子打了个激灵。母亲抬头望了望天,圆圆的月亮停留在半空,散发着清冷的光辉。天由于月亮的明晃晃,便显出一大片的白来。"今天又是个好天!"母亲嘀咕了一声。

田畈里还没有人,母亲就陪弟弟去稻田割稻了。夏天的早晨,田边的小河水哗哗地流淌,凉爽的风伴着一些不知名的虫鸣低吟,但母亲和弟弟都没有感应——一九九九年的"双抢",家里四亩多田要靠弟弟的一把小镰刀,母亲显然既心疼又着急,于是她抽空就起早摸黑地帮弟弟。在田里,母亲和弟弟割了一会儿,东方天际才出现一抹红晕。老屋里的灯一家一家地亮起,接着一阵狗叫,乡亲们都拖锄拿刀地走向了田野,这时天真正大亮了。母亲和弟弟直起身子看看彼此被露水打湿的头发,又望望身后割过的一大片空荡荡的稻田。母亲显得有些慌乱,说句"我得回家了",便三下两下地跳过几堆稻铺,走上田埂。

母亲早上的家务活是非常繁杂的。她要洗锅、洗米、煮饭、煮粥,还要扫地、照料高龄的祖母和病重的父亲……她常常是将米下锅后,又去挑水,再挑出昨夜洗澡的脏水到菜地浇菜,顺便还收拾一下菜地。早晨的菜园由于露水,青辣椒、青豇豆、紫茄子、红红的西红柿显得格外耀眼,但一九九九年"双抢"时雨水很少,这些植物早晚也得浇上一遍水。母亲拿起锄头锄一会儿杂草,然后摘下一天要吃的菜,给菜地又浇完水,这才回家。那时,火红火红的太阳已经很炽烈地照在她身上了。

父亲起床了。一九九九年早春父亲得了脑溢血,到夏天才有所好转,生活基本上还能自理,但显然身子显得有些迟缓、呆滞。母亲见父亲病歪歪的身子和满脸的病容,招呼道:"今天好点儿?"母亲总喜欢这么问,心里仿佛一直揣着父亲病情突然奇迹般好转的想法。"好像好点儿!"父亲机械地回答一句,双手笨拙地端起脸盆,慢吞吞地洗脸、刷牙。看到父亲有动作,母亲便开始招呼九十高龄的祖母。祖母也总在这时颠着小脚,蹒跚着走到我家。我们心里都清楚,祖母是放心不下父亲的病。"妈,起来了?"母亲问着,祖母嘴里"嗯嗯",声音细小得像蚊子的嗡嗡声。

说来我的九十岁高龄的祖母虽然瘦小,有些老态,但她全身总拾掇得清清爽爽,头发也梳理得熨熨帖帖。相比较病中的父亲,她显得精神多了。在人生的暮年,祖母常常早晨起得很早,而下午吃过饭就上床睡觉,晚饭由婶娘和母亲们依次端送。只是祖母由于年迈,胃口不大好,咽不下米饭,喜欢吃些新鲜的口味……母亲服侍好父亲和祖母的洗漱,便给祖母送上一碗糖粥或盐粥,给父亲盛上一小碗饭。

父亲喜欢吃饭,早上也是。这是他打铁养成的习惯。

一九九八年家乡发了一场著名的

洪水。洪水虽然没有淹毁老家,但连绵几天的倾盆大雨毁坏了我家的院墙。没有院子,家里的鸡们鸭们就被圈在牛棚。于是赶鸡鸭们进牛棚又成了母亲每天早上必不可少的一门功课。捉鸡、赶鸭、喂猪……弟弟说,一九九九年"双抢"情景常常是这样:父亲坐在门前小椅子上吃饭,祖母捧着碗往门外走,父亲坐在哪里,祖母也会跟到哪里。而由于动作迟缓,祖母常常会挡住端猪食给猪吃的母亲。母亲问:"妈,你到外面啊?"祖母慢慢扭过头望着母亲,就手足无措地挪开一条道,让母亲过去。母亲吃饭时,端着个饭碗站在猪的面前,看猪吃完食,母亲丢下饭碗,把它赶进猪圈。母亲终于吃完饭了,吃完饭的母亲又忙着洗碗,刷锅,到塘边洗衣服,晾衣服,收拾好家里的一切,拿起农具又要下田……一直在毒烘烘的太阳下烘烤一上午,听到田畈上有人喊烧锅做饭,她才回家。

缝补浆洗,烧锅做饭,喂猪捉鸡,照顾年迈的祖母和病重的父亲,心里还牵挂在田里进行剧烈而繁重的劳动的弟弟……母亲就像一扇沉重的磨盘,不停地转着、转着。做完一天的农活和家务,待母亲自己洗完澡,夜已经很深了,睡意终于浮上母亲的脸。但母亲依然会走到弟弟身边,默默地看他一会儿,说声"伢累了",然后走回自己的房间。弟弟说,那些夜晚,他只感觉母亲一离开他的床边,夜晚一下子就沉静了,死寂死寂的。一种什么东西在他咽喉哽咽,等屋里传来母亲的呼噜声,他也会走到母亲的房里,静静地望着母亲瘦细得像核桃似的小脸……"这就是娘啊!哥!"

农具与农谚

农具,无疑是农业生产劳动的工具,或者说是农民用的工具。所有的农具,都具有铁和木两种性质,比如镰刀、锄头、拔草刀、砍柴刀、犁、耙、打稻机,唯独打稻最初用的工具是禾桶。禾桶是用厚厚的木板接榫拼接而成的,很沉很沉。

禾桶也叫"庠桶"。据县志记载:禾桶有长方形与方形两种。长方形禾桶,只在一面打稻,可并立两个人,其余三面桶沿设有布围,以阻挡稻粒飞溅。方形桶四周以原木板围之,四方皆可打稻,四人同时操作,使用普遍,唯脱打稻谷时四人要保持默契,挥舞稻把此起彼伏。这种禾桶四边都有扶手,桶底还有两根圆木,以供禾桶在泥田滑行、拖拉……在乡村,我们经常可以看到这样的场景:没有风,空气里烈焰腾腾,四条汉子身着短裤,站在禾桶四周,阳光像巨蛇吞吐的芯子,不时地咬着他们被太阳晒得黑黑的皮肤。他们纷纷扬起稻铺,嘴里吆喝着"嘿——哟——嗬"的号子,使劲地摔打。一时间,田畈上传来的都是嘭嘭的沉闷的稻子脱粒溅落的声音和号子声。在无望的乡村,这声音让人听来心情格外地沉重和无奈。但那时弟弟还在上学。有一回放学,弟弟突然对我说:"哥,你听那声音真有意思!嘿,是将稻粒赶下来;哟,是人们怕用大了劲,心疼砸痛了稻;嗬,是大人高兴那稻粒脱下来了吧?"弟弟那时长得白白净净,邻居们都叫他"小白",很天真,一副少年不识愁滋味的样子。

我想弟弟现在肯定不会有这诗意了。实际上自从责任田到户,我家就添置了一台人力双人打稻机。这是队里的第一台人力打稻机。打稻机的机身由滚筒、桶、挡板棚、齿盘、牵踏板等组成,是铁木构件的结合体。那时父亲身体健康,时而还露出些微童心和他精湛的手艺。组装那台打稻机时,我弄了一张图纸,和木匠把大门卸下摆平,在上面放大,父亲和姐姐就锯木头。组装好打稻机,父亲买了四五斤桐油,将打稻机从里到外刷了三四遍。"双抢"时,我们将打稻机抬进田,撒欢般使劲地踩,打稻机轰隆隆地响,金黄的稻粒剌啦剌啦地撒进桶里。乡亲们看见就说:"看人家兄弟姐妹几个,能得蹦的!"笼罩在七月"双抢"的烈日下,尽管我们满头冒着豆大的汗珠,一家人却充满了欢乐,连父亲也幽默起来:"这汗淌得,粪水也没汗水肥啰!"然而,姐姐很快出嫁了,我又出去谋求生计,父亲后来又生病了!到一九九九年的"双抢",守候着老家这部有着二十多年历史的打稻机的,只有弟弟和母亲。

一九九九年的"双抢",幸好弟弟在打稻机上安装了一台电机。母亲抱稻把,弟弟喂稻铺,这样显得轻松了一些。但节候临近大暑,弟弟和母亲心里还是着急了起来。午后的天气闷热闷热的,弟弟和母亲在一块大田里边打稻,边收拾稻草。旁边走过一个人与母亲搭讪:"大娘,你'双抢'搞得迟哦!这块大田今年看来要搞到暑后了。"母亲抬起头,一脸苦笑,正不知说什么好时,也在田里的木匠大爹却在一旁安慰母亲和弟弟说:"立秋还早,不迟,不迟!"木匠大爹是我们亲房的长辈,他做木匠活,由于长年弓腰,背有点儿驼。

但他能做一手漂亮的庄稼活,是种庄稼的好把式。家里的几亩田,全凭瘦弱的母亲和弟弟,显得有些力不从心,木匠大爹对此也很同情。他慢腾腾地坐在田埂上对弟弟说:"'早一日早一春,早一个时辰早生根。'老古话是说大暑前插的稻秧比大暑后往往要多长出一个节,但也不尽然。只要赶在立秋前插完秧就行了。俗话还说:'秋前不起,秋后不发。''立秋插禾,不够喂鹅。'立秋还早,莫急!"

木匠大爷还给弟弟背了好多的农谚:

小暑插田家把家,大暑插田普天下,大暑后分上下。

稻青一把米,麦青一把糠。

青八分,黄八分,收到家,稳铁钉。

"双抢"前三天割不得,后三天割不彻。

一天一个样,田埂上都长稻。

打雷立秋,五谷丰收。

……

弟弟说,一九九九年的"双抢",木匠大爹教会了他许多的农活。

感谢一条路

终于,母亲和弟弟将那块大田的稻子收割完了。

说起这块大田,还有段小插曲:实行联产承包责任制后,当时生产大队把我们生产队分成了两个小队。小队以老屋东西两头为界划分,东边一个,西边一个,好田歹地的大体也合理搭配了一下。分田分地的时候为了公平,就从两个队选出同年同月同日生的两个人"抓阄"。结果我们东边的人"抓"到西边的田,西边的人"抓"到了东边的田。这样两小队的人都离自己的庄稼地远。但"好歹凭阄转",乡亲们并没有什么怨言,各小队只忙着将田和地又用"抓阄"的办法分到各家各户。我家这块大田叫"三斗",坐落在老屋门口塘边,水路好,田也肥沃。还是大队时,乡亲们就知道这是好田——这块田原是队里一位被人称为"江先生"的"抓"去的,他见我家分的田地太零碎,父亲又不太会庄稼活,就好心地把他的田和我家对换了。我在家时也喜欢这田。田大好种,种的稻子又长得旺盛,常常一到抢收抢种这块田,一家人都有点儿搞庆典的意味,而收拾好这块田,一年的"双抢"就算结束了。

停止了打稻,母亲将装进尼龙袋的稻谷一袋一袋地封好,叫弟弟背到停在老屋门口的板车上。板车是弟弟新添置的,母亲在"双抢"前对弟弟说:"现在路修通了,大伙儿都买了板车,我家也买一辆吧。"于是弟弟就买了。弟弟将稻谷在板车上放好,开始往回拖。路很宽,弟弟在前面拉,母亲在后面推。沉重的稻谷压得板车在地上拖出了两道深深的辙。

我在家时这条路还没有修,那时田挨田的,叫田埂。田埂崎岖蜿蜒、坎坎坷坷,本来就很窄,也不工整。分田分地后,乡亲们不知出于何种心理,在整田时又总有意无意地向田埂锄上两锄,久而久之,田埂细瘦得像一条棉线。再加上逢上连绵暴雨,田埂就被冲刷得溃烂不堪。俗话说"亲戚家三年跑一次不算少,田埂上一天跑三趟不算多",可这样的田埂,人走在上面,一不小心就失足掉进去,何况他们走在田埂上时还挑着粪、稻、稻草之类的担子。也是,细窄窄的田埂,乡亲们不是撒稻种就是泼粪,那些草倒是得了实惠,几天一过,草就疯狂地长,长成了一条草埂。草埂上有一种结棒槌样果实的草,草籽的汁液是黑色的,如果早晨走过田埂,露水和草籽的黑汁就会将裤脚染上一层黑。

"妈,这路何时修的?"弟弟问。弟弟正月出门打工,因父亲的病被召回后,几乎没有出过门,他也有些意外。

"正月修的。"母亲说,"托贤爹的福啊!"

贤爹是我们的远房大爹,祖父辈,是一位瓦匠。他一天到晚在外做瓦工,每天能挣上二三十块钱。见面朝黄土背朝天的乡亲们都离不开肩挑背驮,比如从田里挑庄稼回家,从家里挑粪水上田,磕磕碰碰,走的都是田埂,老人心里看不过去,也闲不住,便张罗着修路。他自家掏钱买水泥管修了条长水沟,还带着儿子平整路面。修路是要废掉一些田地的,队里人多,林子大了什么鸟都有,就有人不干。他就拿出自己家的田地或开荒地补偿他们,硬是把路修出来了。大路众人走,修好了路,方便了行人,也减轻了乡亲们的劳动强度。大伙儿这才体会到贤爹的用心和好处,都说他积德行善,会添几岁阳寿。贤爹听了,便把修路的怨言和委屈一股脑儿丢到了脑后……母亲和弟弟推着车,贤爹迎面就走过来了。他穿一件大裤兜,肩上披着个老布披肩,风一吹,他那黑不溜秋的臂膀就露了出来。看弟弟拖车有些跟跄,他连忙赶上去,搭帮就推起来了。

贤爹是个热心肠的人,我经常听母亲念叨他。母亲说:"有年秋冬,你父亲在外打铁,我在挖路边的一块红薯地,我一个人慢慢地挖,可来了一群讨饭的,见到红薯就来抢。你贤爹看见,上前就说:'她男人不在家,一个妇女带一大帮孩子(我们兄妹五个),插点儿红薯不容易,你们不能抢,要吃我给你们!'说着,贤爹就领着几个人帮我把红薯挑到了家。"母亲说,"贤爹是好人,你们可要记得一辈子。"

我记得了,母亲!

中午的阳光格外地毒辣,母亲和弟弟将稻谷拉回门前的稻床,湿漉漉的稻子很快就被太阳晒得发干、发白了。弟弟脱掉上衣,露出他那瘦削的肩胛,肩膀上有一条红红的车带的痕迹。母亲说:"好在贤爹修了这条路,省得挑了,不然大热天,不把你的肩膀磨掉一层皮才怪!"

弟弟默然。

我们都看过牛

当农民,做庄稼,当然都离不开牛。那么多的田要靠牛犁、耕、耙,那么多的地要靠牛刨、种……老家是丘陵地区,丘陵的田不像平原的田一望无际,丘陵的田都是高一块低一块,沟沟洼洼、边边角角。我想,以后社会就是再发展,农业机械化程度再高,那些东西在我们那儿也没有用武之地。一方水土养一方人,我们那里种地、耕田,到现在离不开的还是牛。所以,我们小时候都有过看牛的经历。

夕阳、牧童、吹笛、牛,这是诗人笔下经常出现的田园牧歌式的图景,可我们这些从小和牛一起长大的人,心中几乎从来就没有这么诗意过。看牛,相对于其他一些农事来说,当然算是一件很轻松的农活了。在晴天阳暖、早晨或者黄昏,这活计也许会舒坦一点儿,比如放牛时,让牛自己吃草,自个儿在一边玩耍。但要逢上下雨刮风,特别是电闪雷鸣时,牛恐慌得不行,我们这些看牛娃也是胆战心惊,在离家很远的野地荒滩,那更有一种上天无门、下地无路的惊怵。

我走出童年,就把那根牛绳交给了我的弟弟妹妹。

父亲把"两齿半"的黄茸茸的小牛犊交给牛贩子驯养时,我已经读完高中,而弟弟才十岁,十岁的弟弟在油菜花香四溢、紫云英遍开、蜂忙蝶舞的季节,心里一定也像春光般明媚。但很快他就惊呆了:不知父亲从哪里请来的两个牛贩子围着这头小牛崽,一个使劲地拽着牛绳,另一个在后面扶着犁,还恶狠狠地挥舞着鞭子。小黄牛第一次接触这活,还不习惯,撒起四蹄,急得团团转,架在它脖子上的轭头套上又滑下,滑下又套上,但它就是不肯就范,甚至显得有些狂躁,一会儿狂奔,一会儿又原地死死不动,鼻子也被牛绳拽出了血。"叱,叱!"牛贩子恼羞成怒,拿起锥子就向小牛的屁股猛地刺了下去。小牛突然发出一声"嗯嘛"的长鸣,拖着那犁在地上左右奔突,没头没脑地狂跑起来。两个牛贩子嘴里不干不净地呵斥,仍是不死心地一遍遍地鞭打着。终于,牛犊被折磨得筋疲力尽,全身汗淋淋的,眼里全是泪水。父亲看了心里颤了下,轻轻地抚摸着牛,佯骂:"你这畜生!"

牛自然是畜生,而骂牛畜生则透出了农民的亲昵和爱护。

父亲是很爱牛的。记得家里瓦房

不够时,父亲就在屋后的山坡挖了个山洞让牛住,春天牵它出来吃青草,冬天往牛棚顶上放上几捆稻草,让牛饿了伸着脖子就能啃到。到了耕田的"双抢"季节,父亲还会差母亲端上大盆大盆的米粥喂牛。农民们都爱牛,甚至还把自己的孩子起名叫"黑牛""双牛""花牛",说是"名贱好养",寄托着他们对牛的一种朴素、憨拙的情感。牛全身是宝,连牛屎也是。比如孩子们腹食不化,将新鲜的牛屎晒干烧成灰,取出一撮放在碗里,用开水冲,喝下去立马就好。乡亲们说,牛屎是"百草宝"。他们还将牛屎放在一起搅拌均匀,然后做成粑状贴在墙上,太阳晒干后用来烧饭、煨粥。那烧出来的饭爽口滑腻,而把烧过的牛屎灰拿来种田，也肥得田里的禾苗蹿得老高。

　　弟弟开始看家里那头小黄牛了。也许受了牛贩子驯牛的震动，弟弟看起牛来很是上心，对牛也非常友善。他经常把牛绳绕在牛角上，让牛自个儿在山上或河边吃草，他自个儿则与一群放牛娃在远处玩闹。小黄牛嘴到之处，那些青草就像刀割过的一样，露出齐崭崭的草茬。都说牛嘴肥，越吃二年草就越肥，弟弟逢人就说"我家牛会吃"。然而，有一回却出了事，那天，弟弟看的牛跑到一家麦地里去了。新鲜的麦地，麦苗像青草一样葳蕤，那牛就趁机狠狠地吃了一通，吃得肚子圆滚滚的。这下就招来主人家找上门来，结果父亲和母亲不停地赔不是，给了人家四五斗麦子人家才罢休。

那头小黄牛长高长壮,变成了一头会耕地耙田的棒黄牛,可没过几年,它却闹起了病,一下子变得蔫头耷脑,瘦骨嶙峋的。父亲含着泪无奈地把它卖了——一九九九年的"双抢",由于家里没有牛,那么多的田地需要耕种,弟弟说,他急得如热锅上的蚂蚁。后来还是花钱请别人家的牛耕种,因此多花了好几百块钱。

秧好一田稻

插秧要插梅花秧,粮满柜来谷满仓。

插秧要插蘸根秧,苗肥棵旺谷子壮。

插秧要插浅水秧,秧根抓泥有力量。

插秧要插新鲜秧,秧苗好活好成行。

……

俗话说,养女要好娘,插田要好秧,所谓"秧好半年粮"。乡村的那些农事,在别人的眼里,也许只是粗糙而无须用心做的生活。只有真正的农民,真正干过农活的人才会知道,农活也是有讲究的。有许多农活还是技术活,需要农民们对土壤、节气、温度、种子等要有着深刻的理解。比如育苗就是一件马虎不得的活计。一九九九年的弟弟还不会这件活,选种育秧都是母亲亲自干的。

早在一个月之前,母亲将选好的稻种晒上几遍太阳,然后放在水里浸上一个昼夜,洗净重新放进水,就给种子"催芽"了。不几天,这种子果真就亮开了嫩嘟嘟的小嘴。等到种子长出芽,母亲又把它们均匀地撒在平整好的秧田里。但种子撒到秧田里,也要细心莳弄。白天放进满满一秧田水,是怕太阳暴晒;夜晚放干秧田里的水,是让种子见见星露水。后来时兴薄膜育秧,省事倒是省事,但薄膜由于风吹雨打也容易撕破,所以育秧的时节,几乎天天要有人到田里观察。

插田时,拔秧常常是下半夜就开始进行。因为天一亮,有了满满一田秧,插起田来就既省事又省时。其时天空往往还挂着玉盘似的月亮,月光淡淡地落在地气氤氲的田野,像一层薄薄的轻纱。一九九九年的"双抢",母亲总是陪弟弟拔秧,他们在水稻和泥土的气息里走进田野,只有脚下的几声虫鸣和远山传来的清晰的鸟啼,四周一片静谧。下了田,母亲和弟弟没有说话,便专心地拔了起来。

晚稻秧,秧根多,叶宽秆硬,长得茂盛,但拔起来容易划破手皮。早晨拔秧,由于秧苗柔软,相对而言就容易拔一些。这也是乡亲们喜欢早起拔秧的原因。拔秧也要技术,拔得不好,一束秧参差不齐,根和叶就缠绕在一起,乡亲们把那叫作"蚂蚁上树",插起来既费时又费力。我的母亲会拔秧,我的拔秧技术就是她教的。拔秧时,手顺着秧苗的根部,然后沿着它的根节往上一捋,两手使出暗劲,一束秧就被拔了起来,再放在手上稍做整理,用一根"秧草"一绕一扎,一束秧就成功了。弟弟说,一九九九年"双抢",他看母亲眨眼的工夫就拔好一束秧,他却不到"秧门",拔得很慢很慢,而且秧犹如一团乱草裹在一起。这样母亲就有教他拔秧的义务了,弟弟很快就学会了。

月亮被乌云遮住,天空很快就暗了下来,这时成群的蚊子嗡嗡地涌来,叮在母亲和弟弟的头上、裤腿上,他们赶紧将裤脚放在水里,闷头闷脑地拔。不知什么时候,后面老屋传来了公鸡的打鸣声,东方开始发白,田畈上的人也越来越多。母亲说:"我还要拔一百棵。"就拔一百棵,然后丢下弟弟,回家忙她早上的家务了。弟弟目送母亲在田埂上渐渐消失的瘦弱身影,听着秧田上面池塘里鱼儿吐水的声音,累得一屁股就坐在了田埂上。

"今天开秧门?"有人问,"开秧门"是指开始插田了。弟弟应了一声,那人便惊讶道:"你昨晚没睡啊?拔这么多啊!"然后自言自语道,"呃,你家今年秧好呃,秧好一田稻!"是吗?弟弟告诉我,听着乡亲羡慕的口气,心里说不出是什么感觉。

门前的梧桐树

病了的父亲越发苍老。在他生命的最后几年,他几乎最不能容忍门口几株粗壮的梧桐树了,成天嚷嚷要砍掉。一九九九年春天,他就跟我说过几回,但七事八事的,我还是忘了。也是,梧桐树从春到冬都耐不住寂寞,桐花飘飘时,地面、屋顶、晒场上都是黄黄的毛茸茸的一层;挂果时,那果子上也有一层白茸毛,落在身上让人浑身起鸡皮疙瘩;落叶时,屋顶上的瓦沟里、地上都是那厚厚宽大的叶片,巨大的叶片堵塞瓦沟,久而久之,腐烂成垢,瓦也随之腐烂,外面下大雨,屋里就落小雨。一九九九年的"双抢",弟弟把秧田插好,就央求姐夫遂了父亲的心愿,一起把门前几株梧桐树给砍掉了。砍掉了那几株梧桐树,地上堆满枝,门前敞亮了。弟弟后来形容说,父亲的心情随之好了很多。

门前的梧桐树是父亲和小叔随着新盖的十开间的土砖瓦房时栽的。说来也快三十年了,父亲栽梧桐树不知是否和那"家有梧桐树,不怕凤凰不落枝"的俗语有关,我不清楚。但那时乡下是鲜见栽梧桐树的。盖这幢土砖瓦屋时的父亲肯定是辉煌过的,然而时过境迁,这老屋灰不棱登,墙泥脱落,显得陈旧而破落,与队里一天天矗立起来的那钢筋混凝土的楼房比起来,越发地寒碜——父亲年老时一直想盖一幢楼房,盖什么样的房子,怎样盖,他都不知和我们谈过多少遍了。这是他的一个心病。

父亲是否因此而迁怒于梧桐树呢?

我想是这样的。但我一直没问,弟弟也没说过。

梧桐树伴着我们兄妹几个人的童

年一起长大。只是它们长得很快,没几年就长成一棵棵参天大树。夏天,密密匝匝的梧桐叶就像一把巨大的伞,遮掩出一片浓荫。清凉的树荫下,左右邻居,男男女女的都喜欢搬个小板凳、小椅子,坐在这里一起吃饭、聊天、乘凉……在夏天的夜晚,他们还会说一些狐精鬼怪的故事,唱一些歌谣。那时,隔壁的一位新娘子也喜欢来,她一过来就招呼我们兄妹:"过来,伢!我给你掏耳朵。"然后,她就坐在小椅子上,让我们蹲在她怀里,把头放在她的大腿上。她从头上取下一根头发卡子,小心翼翼地伸进我们的耳朵里,轻轻地刮。这一掏,就掏了好几年。弟弟说,他发觉新娘子是一个非常漂亮的女人,浓眉大眼的,一头长长的黑发,好香。

　　新娘子慢慢就不叫新娘子了,叫"大娘"。母亲说,大娘里里外外一把手,会扒柴。姐姐说,大娘插秧插得飞快,心灵手巧,是个"大秧师"。但很快,这大秧师的脸上经常就出现几道血痕,眼睛也常常哭得红肿。原来,他们夫妻俩开始打架了。一打架,她就喜欢跑到我家门前的梧桐树下哭,我家门口慢慢就不安宁了。梧桐树下,母亲和婶娘们经常围在一起劝她,渐渐地,我们就朦朦胧胧地知道了些他们吵架的原因。早先新娘子刚过门,男人把满腔的爱都给了漂亮的妻子,婆婆脸上挂不住,说儿子不孝顺,妹妹感觉哥哥不像以前那样待她们。于是,婆婆挑媳妇的刺儿,妹妹找嫂嫂的碴儿,男人里外不好做人,后来再听到妻子的不是,就开始吵了。有一次大娘的男人拿着扁担砍她,她吓得飞快地跑到我家,自己关上门。男人追来,一脚踹开了门,抓住她就打。父亲实在看不过,义正词严地就训斥起了他们:"要打回家打!"她男人才罢休……后来,这夫妻俩打架,大娘也不跑了。只是在晚饭后或者深夜,我们时常听到她嘤嘤的哭声,有时大声尖叫着,凄厉的声音传得很远很远。

"你们这样撕破了脸皮,日子怎么过啊?"有时,乡亲们问她。

"嫁鸡随鸡,嫁狗随狗呗!"大娘说。

梧桐树下就这样成为乡亲们劝架的场所了。弟弟说,一九九九年"双抢",在梧桐树还没有砍伐前,他经常看见大娘一个人坐在这里唉声叹气。后来,她婆婆病逝,姑娘们出嫁了,她却得了一种叫"黑头晕"的毛病,"双抢"时,她口吐白沫在田里昏厥了过去,还是她丈夫把她抱到田埂上,掐她的人中,才使她苏醒了过来。但自那之后,她原来的那头乌黑漂亮的头发就一直脱落,脱成了个秃头,因此她就用毛巾包着头,走路缓缓的,一副病恹恹的样子。每每看到她在门口,母亲便冲一碗红糖水给她……

砍了梧桐树,老屋破败陈旧的样子就越发突出。弟弟说,他发觉父亲常常坐在门口盯着原先长树的地方,眼睛空洞而呆滞。然而,一九九九年的"双抢"使他实在无心顾及这些。

萤火虫,艳艳飞

"天上鲤鱼斑,晒稻不用翻。"

一九九九年的"双抢"期间,难得有几天好天气。那时一到黄昏,便漫天绯红,接着那红霞渐渐褪去,只剩下红鲤鱼鳞片似的云彩,顿时,天空又变得无限辽阔起来。天色渐晚,满天的星星镶嵌在那幽蓝的天幕上,格外显眼,眨泛眨泛的,露出几丝狡黠的光芒。田野一片寂静,田里刚刚栽插下去的秧苗蠢蠢欲动,努力地吸收着水分、养料……到处都是泥土腐化的声音,秧苗拔节的声音,鱼儿在河沟、池塘里吞吐水珠的声音,使人感觉周围洋溢着一种旺盛的生命气息……

203

家乡有条小河。一九九九年"双抢"后,弟弟说他走得最多的就是这条河埂。那时候,白天的暑热还没有完全退去,从稻田里蒸发出来的热浪一阵紧似一阵地涌来,使他感觉像靠近了一个火盆。暮色降临,他看到河两岸郁郁葱葱的树林像两条青黑色的巨龙盘绕在一起。田埂上、池塘边、树丛里,萤火虫轻盈地飞舞着,远看,像一束束四射的金光;近看,萤火虫把那稻叶映照得无与伦比地翠绿,那滚动在枝叶上的露珠儿,放射出珍珠般的光芒。

弟弟有些愣愣的。

我想也是。因为一九九九年老家已经矗起了十几幢小楼房,那井然有序、错落有致的楼房,白的墙壁、黄的琉璃瓦、明亮的玻璃窗,即便在这样的夜晚,也会很清晰很强烈地映入他的眼帘……弟弟回头看了看自家的老屋,矮矮黑黑的,早已被夜色吞噬得一干二净。他有点儿灰心地朝着家的方向走,经过一座小山,山上也热气蒸腾,夹着松树油脂气息的热浪使他不由得加快了步伐。啪的一声,他的脚步声惊动了树林中的一只大鸟,那鸟在他的头顶鸣叫了几声,在树的上空盘旋一阵,倏地又飞远了。夜一下子恢复了宁静。接着,弟弟走到了山脚下一个残破的瓦窑。这瓦窑由于多年弃置不用,窑顶塌陷,土堆上长满了荒草,旁边还有一棵大枫树。念书时,弟弟喜欢蹲的地方就是这里。放假时他爱和小伙伴们在这里一起抓知了、捉迷藏,偶尔也看看书……后来,弟弟告诉我,没想到怎么走他也没有走出这块土地。当农民,那可是他小时候从未想过的事啊!

弟弟走进家里的晒场。晒场上,母亲已把稻子收拾好打起了圆堆,盖上了一层稻草。两三位邻居正坐在晒场上纳凉,她们手摇蒲扇,在和母亲聊父亲的病情,聊田里的庄稼和收成……一群七八岁的孩子,拿着瓶子在逮萤火虫,他们相互嬉闹,嘴里唱着:"萤火虫,艳艳飞,飞到田里捉乌龟,乌龟没长毛,我要吃毛桃,毛桃没长刺,放你的大臭屁……"捉到了萤火虫的孩子,便把萤火虫放进一个干净的玻璃瓶里。这瓶子由于许多的光亮集中在一起,熠熠发光,就显得有些斑驳而迷离……大人们依然在一旁吓唬他们："小心萤火虫爬进你的耳朵，萤火虫是精，赶快放了它……"

童年永远是那么天真而烂漫。弟弟说有那么一刻，他恍恍惚惚的，疑心自己也回到了童年时代，便使劲地揉揉眼睛，才从梦境中回到了现实。他顺势找了个草堆躺下，伴随着稻草的温暖的气息就睡迷糊了。一九九九年的"双抢"，弟弟说他就那一夜睡得真踏实、真香，当然也很苦、很涩。

被雨淋成个落汤鸡

稻收割起来，秧苗插下去，一年一度的"双抢"总算是结束了。但在乡村，农事永无止境，这时候还要到田里看水、施肥、拔草、打药……田野,黄了又绿,绿了又黄,如果天公作美,有些丰收的果实,乡亲们就这样周而复始地劳作下去,也许心情还会有些舒坦。但靠天收的庄稼,只要老天一翻脸,或旱或涝,人们在繁重的体力劳动之余,精神上便会受到一次重创。弟弟说,一九九九年的晚稻,眼看抛在田里的秧苗扎紧了根,伸直了腰杆,长得也有些郁郁葱葱,但他最不想听到的"干旱"两个字却蹦了出来:"双抢"一直没有雨水,有些地方由于缺水,池塘开始见底了。而插在田里的秧,开始被太阳烧死,露出枯黄和干脆就枯死了的白色叶片,田开始裂开,一些泥鳅和螺蛳浮出了地面……

　　天不下雨,乡里的水库要放水灌

溉田地了。

水库浇灌着两个乡数千户人家的田,数万亩的土地都指望这座水库。所以一到放水时节,水库沿途的沟渠都要派人专门看守,大沟看,小沟也看。我们队原来也有专门的看水员,但分田到户后,无人组织,各家各户就只能自由组合。而看水一般都选择在晚上,一看就要连续看上几天几夜,这样常常就弄得人困马乏,苦不堪言。

一九九九年,弟弟经历了全部的农事活动。父亲生病,母亲有做不完的家务,这看水的差事只能落在他的头上。弟弟说,他连续看了十几个夜晚。那些天,天似乎也在作怪,总电闪雷鸣的,可就是不下一个雨滴,天热得像一个大火炉,古怪得让人捉摸不透。有一天,他和另外一个人到家门口山脚下的大闸口看水,感觉路明明是走对了的,可走着走着就糊涂了,他印象里的荒山变成了绿葱葱的树林,小瓦房变成了楼房。突然一道闪电,他手中的那只电筒随之熄灭了,四周一团漆黑。他们迷路了。趁着雷鸣和闪电,两人终于找到了闸口,顺着水沟看了看,找好一个地方,就铺上凉席,点上蚊香,扇起蒲扇,准备躺一下。这时天却越来越黑,闪电越来越密集,轰轰的雷声震得地动山摇,两人吓得赶紧站起来,随即,一阵瓢泼大雨倾天而降,劈头盖脸地把他俩浇成了落汤鸡……

"下雨了!下雨了!"两个人在闪

电中大声吼着,飞快地跑到田埂上。窄窄的田埂不时使他们摔上一跤,回到家时,弟弟就像个泥人了……

"这鬼天气!"弟弟骂着。

不是尾声

一九九九年过去了。我的父亲和祖母,在两年后的二〇〇一年相继离开人世。

然而,我的母亲,我的姐姐、弟弟们还在乡村,春耕、夏播、秋收,他们还在年复一年地经历"双抢",和我的许多亲人一起守候着土地和庄稼……为实现父亲的遗愿,我为家里盖了一幢楼房,我当然内心希望这幢楼房能为母亲和弟弟改变些什么,但是没有。

一切依然如故,他们仍然年年为洪涝、干旱而悲伤,仍然在为粮价抵不上一年的劳动而忧心,仍然在为无法承受的乡村之苦而无望……如我的父亲,到死留下的还是无穷的遗憾。我的想法有些天真。我的乡村,是一个永远也填不满的、庞大的、吞食我的精神与一点点可怜的物质的"黑洞",是我身上永远的伤痛。在巨大的乡村面前,我很渺小,也很无奈,我甚至还有些"堂吉诃德",有过一丝丝卑鄙的念头……

比如,一九九九年的"双抢",我就是在城市里一个叫"和平里"的地方的房间度过的,那里安装的一台"格力"空调不停地运转,我全身凉爽,没有感到一丝不适。比如,一九九九年,我很可能泡过三里屯的酒吧,在那里和朋友们一起聊天、神侃。还比如,一九九九年,我在两本出版的抒情的文字里,泛情地写到乡村,歌颂田园。还比如……

"晚霞飞,映河水,我看晚霞景色美;放牛娃,抖神威,阵阵歌声响如雷;歌声悠,歌声脆,歌声伴着牛儿归;蹄声起,蹄声落,蹄声把哥追。是谁一声短笛吹,叫牛山前排好队?原是我姐李小梅。要看谁的牛肚圆如鼓,嗬嗬,我的牛肚最肥美……"这是我们乡下孩子放牛时唱的儿歌——我是地道的农民的儿子,农民的哥哥,但现在,只要我回到老家,回到我母亲的身边,听到这种欢乐的歌谣,不知为什么,我再也无法欢快起来。乡村是美丽的,可惜这美丽只能停留在乡村的童年,停留在我们不谙世事的童年的嘴边,而我的心里只能布满忧伤和疼痛。

故乡的屋檐

不曾留意的是故乡的屋檐。那年在外的路上,逢上一阵瓢泼大雨,我连忙将瘦削的身子塞进人家的屋檐下,望着屋檐与大地间雨水穿梭,织一片密密麻麻的雨帘,我如蚕蛹,似乎只能静静地等待这个世界将我裹住。雨终于停住。我逃也似的离开那里,回头看时,那低矮低矮的小屋竟如泊在水中的乌篷船,叫人顿时生出绵绵的乡情。

　　故乡的屋檐也如这般低矮。归家时,远远望见那低矮的屋檐,总觉得是母亲用手搭遮的凉棚,召唤游子归来;出门时,走出那低矮的屋檐,又觉得屋檐就如母亲灰黑褂子的一角,似牵拉着游子,用乡思把游子的心塞得满满的。想故乡土地上低矮的屋檐,披风阻雨,遮阳挡雪,总像一顶竹斗笠或者一把竹骨油布伞,罩住故乡很大的天空。但是,故乡的屋檐实在太矮,矮得容纳不下一天天蹿长的大个子,屋檐外面的世界真的很精彩,诱惑着我不愿弓腰待在故乡的屋檐下,硬是站直五大三粗的身子,要沐浴明丽的阳光。

于是,屋檐下只剩下孤独的母亲,手里簌簌地纳着鞋底,然后手搭凉棚,望着大路上走过的游子。矮矮的屋檐将母亲遮得一脸忧郁,抬头再望屋檐下垒窝的燕子们,它们伸出黄盈盈的小嘴,叽叽喳喳地迎接母亲的归来。于是屋檐下就有一声轻柔的叹息:"鸟儿晓得回巢呢!孩子就不想家?"

其实,孩子是想家的。如我,就总忆起故乡的屋檐,想起屋檐下捉蜂的嬉戏。故乡是一望无际的江南田园,泥巴小屋匍匐在田野上,一到春天,田野里红花草、油菜花浓香浓香地开了,小屋如一只乌篷船漾在绿色的河里。四面总有蝴蝶翩跹、蜜蜂嗡嗡。淘气的小蜜蜂先是试探性地绕着屋檐飞,接着就纷纷拥进屋里,最终嗅得理想的场所就是屋檐下的墙壁,于是一齐嗡嗡地飞到那壁上,用它们那细小而锋利的足打洞,然后钻进钻出,如猫的游戏。不几天,墙壁就被它们弄得如弹眼般千疮百孔,似一张漂亮的脸被弄得丑陋无比。于是年少心盛的我就很气恼,与伙伴们拿着漂亮的玻璃瓶,塞些黄色的油菜花,将瓶贴在洞口,用花的馨香逗引小蜜蜂走进玻璃的"水晶宫"里,然后俯下身子,贴在耳旁听蜜蜂嗡嗡叫,还很有趣地摆在桌上,一边做着作业,一边看蜜蜂在玻璃瓶里舞蹈。终于看厌了,终于看见蜜蜂大口大口地喘息,于是将蜜蜂倒放在红花草田野,重新来到屋檐下……

我想故乡的屋檐是一顶竹斗笠或一把竹骨油布伞,是因为故乡多雨。

故乡的黄梅雨飘泻在屋檐下,屋檐一片烟。小时候,我与我的伙伴站在屋檐下经常嘟起小嘴,起劲地吹散蒙蒙雨雾。黄梅雨里,飘溢的是一片童稚的笑声。母亲和一些大人也在屋檐下,看我们撩拨黄梅雨,也感到无比舒心和亲切。噼里啪啦,天下倾盆大雨时,鸡们鸭们畏畏缩缩地躲在屋檐下,我和小伙伴们端来白脸盆、瓷缸、水桶接那如注的雨水,顷刻间器具就满了。我们也常会为这无师自通的偷懒而享有片刻的欢娱。一连几天,大人们却锁着浓浓的眉头如屋檐滴水,原来,那时正是稻子收割的季节,雨下得很不是时候。沉甸甸的稻谷被疯狂的雨打得遍地粒粒,割倒的稻把泊在水里如放一田的麻鸭。"庄稼靠老天啊!"母亲和一些大人同样也待在屋檐下,看雨很响地泼洒在地上。"天烂了肚子!"后来,大人们竟恶狠狠地咒骂老天。雨似乎知趣地停了。"天晴了!天晴了!"我们欢呼着冲出屋檐,拍着小手在明净的阳光里叫着跳着。

　　故乡的屋檐很低很低。走出故乡的屋檐,我置身于矗立的高楼与高楼之间,晃荡在宽阔的柏油马路上,我这才发觉故乡的小屋虽然真的如一只乌篷船离我漂去,早已搁浅在我相思的岸边,但故乡的屋檐仍如母亲挥手,召唤我归来。其实,我知道故乡那曾布满牛屎,挂着腊肉腊鸡的低矮的屋檐已不复存在,代替它的是一幢几上几下的楼房……有那么一个黄昏我踯躅在故乡的田埂上,远远望着那洁白的楼房,只见它竟如一艘轮船泊在绿色的江水里,静静的,就似一幅油画,似乎在向我炫耀着一股新鲜而亲切的乡情。

想起雪湖藕

忽然想起家乡的雪湖藕。炎炎夏日里,想起雪湖,就有丝丝清凉袭上心来,就感觉荷叶田田,莲花过人头,有人摇着小船,"……沉醉不知归路。兴尽晚回舟,误入藕花深处";想起那藕,就有无数白胖胖、粉嘟嘟的小手晃在眼前,有一种"儿童拍手争相问,一枝莲蓬值几钱"的诗意。当然这不是诗,也不是引用——有朋友写美食,写到藕,有藕记、偶记之语……我这是偶然想起。

家乡的雪湖藕产自县城之南。城南除了雪湖,还有南湖、学湖。三湖连在一起,都产藕,藕名都叫"雪湖藕"。雪湖藕九孔(一般是七孔)十三丝,说是珍品。据传,当年朱元璋大战陈友谅路过此地,还留下了佳话。说是一位少女捧上藕时,他见少女宛如出水芙蓉,楚楚可人,又见雪湖藕洁白如玉,细嫩光润,似美女手臂,不禁文兴大发,脱口而出:"一弯西子臂。"但求下联,可惜身边文武无一人能对。不料,那少女不慌不忙地答道:"七窍比干心。"对联以"一弯""西子"喻雪湖藕之表,用"七窍""比干"喻雪湖藕之里,又巧嵌了两位古人之名。朱元璋细细品味,心里暗暗称绝。登基定都南京后,他对雪湖藕念念不忘,要求雪湖每年农历八月开湖,将采摘的第一批藕送到南京,于是雪湖藕就有了"贡藕"之誉。

我本对此传说深信不疑。可有回到明朝开国重臣刘基(刘伯温)的故乡,听说这是他伴随朱元璋微服私访时的故事,心里一阵失落。但想家乡是南京上游的重要门户,离南京又很近,雪湖藕被选作贡品也是有可能的。家乡县志记载雪湖藕时说:"城南雪湖之藕,爽若哀梨,真佳品也!"所谓"哀梨",是指汉朝南京一位姓哀名仲的人所种的梨。他种的梨个大味美,进口不用咀嚼便化成水。家乡人把雪湖藕比作哀梨，可见雪湖藕品质之优良。也是，雪湖藕不仅外形肥壮细白，内质汁水饱满、鲜甜脆嫩，而且无论生吃还是热炒，都别有风味，早就是家乡人最爱的美食佳肴了。

记得在家乡县城生活时，我最喜欢去的就是城南。夏天，那里雪湖与南湖、学湖三湖相连，水天一色。初夏时，湖里小小的荷叶先如铜钱一般泊在水中，羞答答的。太阳照着，几天过去，小荷宛若少女般情窦初开。待荷叶慢慢撑开，伞大的荷叶就仿佛什么也遮挡不住了。荷莲从荷叶旁突兀而出，一枝枝化成一朵朵莲花，或胭红，或粉红，或梨白……都亭亭玉立。莲花的瓣儿在强烈的阳光下渐次打开，一瓣、两瓣……六瓣,最后露出的便是散发着沁人肺腑的芳香的黄色花蕊。很快就见有人摘那碧玉簪似的莲,更有人光着身子,下湖采藕了。他们从湖里举起那藕,藕洁白如玉,用水濯洗,真的是出淤泥而不染。

家乡的雪湖藕略呈方圆形,七棱,生食最方便。人们选嫩脆之藕,洗净切片,撒上白糖,就成了一道有名的凉菜。尤其是夏天醉酒后,吃起来异常清脆、爽润、甘甜,很是解酒。熟吃可切丝炒辣椒、炒肉或是炸藕盒、包藕卷……用藕片炖排骨、煲汤什么的也简单。有人选用老而粗壮之藕,在藕孔内填满糯米,蒸煮切片,说是好吃,但一进嘴里,我感觉就如同袁枚在《随园食单》中所说,"老藕一煮成泥,便无味矣"。袁枚还说:"藕粉非自磨者,信之不真。"袁枚是位美食家。由此,看他生活的年代就有藕粉造假者。藕"味甘,平。主补中、养神,益气力,除百疾"(《神农本草经》),生吃可消淤凉血,活热病烦渴、吐血和热淋等症;熟食可以养胃滋阴、补益五脏……其实还不止这些,我的一位朋友曾住在雪湖边,夏天里,她用荷叶煮荷叶稀饭,说是清香祛暑。莲子去壳留下莲仁,她就自制八宝粥。莲仁当中绿色的莲心,味苦,她又用那莲心泡水喝,说是强心、降血压……这真的让我大开眼界。

转眼又到藕上市的季节。这时想起家乡的雪湖藕,我仿佛看到城南"接天莲叶无穷碧,映日荷花别样红"的景象,仿佛看到家乡县城的街头有人挑着一副藕担匆匆地走过,担子里那粗得像手臂的雪湖藕又白又壮。有人干脆将那浑圆的荷叶举过头顶,当作遮阳伞,吆喝着:"又脆又嫩的雪湖藕,好七(吃)咧!……"我在心里回味着乡音,就不得不像叶圣陶在《藕与莼菜》里写的那样,生出"故乡可爱极了"的感叹了。

炒板栗、烤红薯

现在从北京的几条地铁口出来,我看不见炒板栗和烤红薯的摊子了。而往年这个季节是有的。那时进进出出地铁口,炒板栗与烤红薯的香味立时充斥鼻间,撩起我一腔的乡思。这是很奇妙的事。西晋张翰有莼鲈之思,叶圣陶吃藕与莼菜,说这两种美味最容易勾起乡思,但这些乡思好像都很阳春白雪。我说秋天撩人乡思的是炒板栗与烤红薯,就有些下里巴人了。世上人事都有大雅大俗,我不知道乡思是否也有雅俗之分。

板栗和红薯都在秋天上市。红薯长在地下,板栗长在树上。在故乡连绵起伏的丘陵上,红薯到处都有栽种。而板栗只生长在山区。一株板栗树栽下去不用管,乡亲们不拿它当回事。但红薯能果腹充饥,可以充当粮食,因此栽插红薯便是乡亲们一种艰辛的农活了。先是平整出一块地,在每年农历三月就将去年留下的红薯种子栽在里面,等它发芽、出苗,郁郁葱葱长出一串串繁茂的藤叶时,拿起剪刀,将那藤一截一截地剪下,剪成一个个待插的斜面,然后趁一个阴雨天栽插到地里——在我的记忆里,栽插红薯的时节,乡亲们都头顶斗笠,身穿蓑衣,一个个都显得行色匆匆。

红薯在潮湿的地里疯也似的生长。待到天晴,就开始除草、施肥、浇水、翻晒红薯藤了。这些农活单调而机械,却耗费人的心力。红薯在地里不知不觉地长大长胖,绿莹莹的红薯叶子铺满一地。到了红薯出土的九月,乡亲们便将红薯挖回家,在享受劳动成果的同时,另一种劳作又开始了。他们将红薯洗干净,或用瓦缸磨成淀粉,制成粉丝;将红薯煮烂搋成红薯泥,制成山芋圆子、红薯干、红薯角。饥饿的年代,乡亲们使出浑身解数,变着花样把红薯做成一道道美食,用作荒年的粮食,甚至做成一顿饕餮大餐。而烤红薯,因为操作方便,经常是农家生活里一个小小的插曲:童年,母亲有时在灶前灶后忙着,冷不丁从锅灶里掏出黑乎乎的一团,捧在手里拍打着,闻着那馋人的香味,甜甜的烤红薯就逗得我流下口水……这使人想到,一切乡思的根由恐怕都源自童年对乡村的味觉记忆。

收获红薯叫"挖",而收获板栗却叫"捡"。

俗话说"白露到,栗子咧嘴笑",又说"七月毛桃八月楂,九月毛栗笑哈哈"。乡亲们对于新鲜的节气果,最是耐不住性子,况且捡板栗有一些喜庆的味道。山里人家把收获板栗叫作"开竿",是一种带有某种仪式感的集体行动。白露之际,板栗成熟,栗蓬自然爆裂,正是开竿打栗子的大好时节。那时候天气不热不凉,山间泥土树木散发出独特的清香。走过一片片树林,就看到高大挺拔、枝繁叶茂的板栗树了,青青的刺头咧着嘴,一颗颗挂在树叶间,像是一只只自然的绿绣球。大人带着孩子,一手挎竹篮,一手持镰刀,扛着长竹竿。到了板栗树下,大人或小心翼翼地爬上树,用全身力气摇那树干和树枝,或用竹竿一挑一抖,那已咧嘴的板栗和板栗苞便从树上掉下来,引得孩子拍着手,开心地笑,还忙不迭地撅着屁股跟在大人后面捡。要是一株板栗树大,一会儿就能捡上十来斤。有些调皮的孩子边捡边吃,吃在嘴里甜滋滋、粉团团的,一下子便忘了捡板栗,于是就被大人们一通嗔怪,孩子乖巧地递上手里的板栗,惹得大人也忍不住一乐……捡板栗是有窍门的:有的板栗开了苞,一颗颗裸着,捡起来省事;有的板栗苞浑身仍长满锋利的刺,叫人难以下手,一不小心还会被扎出血,只有经验丰富的人才能大显身手……如此捡板栗,怎么看都像是一幅"捡栗图",有着田家的乐趣。

红薯是舶来品,板栗却是地地道道土生土长的。有人引经据典,说板栗从《诗经》到《史记》乃至唐诗宋词里都有着记载,在中国有着悠久的栽培历史。说板栗与桃、杏、梨、枣并称"五果",又说是"干果之王"。宋代田园诗人范成大诗云"紫烂山梨红皱枣,总输易栗十分甜",似乎说板栗比梨、枣还要鲜美。诗人陆游说"齿根浮动叹吾衰,山栗炮燔疗夜饥",干脆说的是板栗的养生功效。捡来的板栗放上三四天,自然风干至枯,可以生吃。新鲜的生板栗清脆甘甜,越嚼越粉嫩,让人口舌生津,回味无穷。板栗可以熬汤、煎炒、蒸煮,可以磨成粉拌上肉末和面,做成栗子饼。而板栗烧红烧肉或烧鸡,简直就是故乡一道隆重的佳肴了。过了白露是中秋,如果那时有新姑爷上门,岳丈家一定是有这道菜的。在记忆里,乡亲们把中秋一家人就着皎洁的月光品尝板栗,看成一件很重要的事,差不多等同于团圆。

我的故乡,红薯和板栗都有着别样的名字,比如红薯又叫红芋、白薯、甘薯……五里一乡音,十里不同名;而板栗只叫毛栗、栗子,叫法相对就单调一些。红薯没有被叫成村庄名的,而板栗就有。我读中学的时候,有几个同学的家就在"板栗园",一听那名字,我就想去看看。待毕业后去看,竟没看到一株板栗树,我很是失望。地名或有很多名不副实的,但"板栗园"三个字连在一起,就会让人对村庄生出一些美好的想象和乡情……乡情也需要想象。在京城生活了二十多年,在各种宴席饭局上我也尝过各种佳肴,但远远没有在街头碰上烤红薯与炒板栗能让我生出乡思——不是说经过炒或烤的乡思诱人,我只想说一方水土真的只养一方人。